외로운 남자

LE SOLITAIRE
by Eugène Ionesco

Copyright © Editions Mercure de France, 1973
Korean translation copyright © MUNHAKDONGNE Publishing Corp., 2010
All rights reserved.

Korean translation rights by arrangement with Mercure de France
through Sibylle Books Literary Agency, Seoul.

이 책의 한국어판 저작권은 시빌 에이전시를 통해
Mercure de France와 독점 계약한 (주)문학동네에 있습니다.
저작권법에 의해 한국 내에서 보호를 받는 저작물이므로 무단 전재와 무단 복제를 금합니다.

이 도서의 국립중앙도서관 출판시도서목록(CIP)은 서지정보유통지원시스템 홈페이지(http://seoji.nl.go.kr)와
국가자료공동목록시스템(http://www.nl.go.kr/kolisnet)에서 이용하실 수 있습니다.
(CIP제어번호: CIP2010002613)

세계문학전집
047

Eugène Ionesco : Le Solitaire

외로운 남자

외젠 이오네스코 장편소설

이재룡 옮김

문학동네

차례 ▌

나이 서른다섯이면 인생 경주에서 물러나야 한다. 인생이 경주라면 말이다. 직장 일이라면 나는 신물이 났다. 마흔을 바라보는 나이였으니 이른 편도 아니었다. 예기치 못했던 유산을 물려받지 않았더라면 난 권태와 우울증으로 죽고야 말았으리라. 아주 드문 일이지만 가끔 이런 횡재를 안겨다주는 먼 친척이 있는 법이다. 내 경우가 마지막이 아니라면 말이다. 어찌 되었건 내 직장 동료 중에는 아무도 이런 유의 아버지나 사촌 형제 혹은 미국 아저씨를 가진 자가 없었다. 그들은 날 시기했다. 난 더이상 일할 필요가 없었으니, 상상해보시라! 내 작별인사는 짧았다. 나는 근처 카페에서 보졸레 포도주 한 병을 돌렸는데, 쥘리에트조차 부르지 않았다. 그녀는 항상 부어 있었다. 우리는 서로를 탐닉한 후 서로를 버렸다. 사장은 애인보다 더 화를 내며 말했다.

"그 작자 미리 알고 기다리고 있었을 거야." 난 전혀 예기치 못했는데 그런 말을 하다니. 그는 내가 삼 개월 전에 사직을 통보했어야만 했고 그것이 사규라고 했다. "자네 같은 사람을 구하려면 힘들 거야." 사장은 내가 일을 엉망으로 한다고 얼마나 비난했으며, 날 갈아치우겠다고 정기적으로 얼마나 협박했던가. 그럴 때면 난 움찔하곤 했다. 이 일에 그럭저럭 익숙해졌는데 어디에서 똑같은 자리를 찾겠는가? 해고 협박에 겁을 집어먹곤 이삼 일 동안 좀 부지런히 일하다가 곧 다시 늘어졌다. 대략 이 주 정도 지나면 또다른 해고 협박. 결국 한 달에 육칠 일쯤 열심히 일한 셈이다. 난 지쳐 있었다. 난 사장에게 단 하루의 여유조차 주지 않았다. 나의 복수였다. 기꺼이 한 달치 가불을 갚으려 했으나 사장은 멋부리려고 끝까지 사양했다. 그에게 멋부릴 기회를 준 셈이니 나도 나쁜 사람은 아니다.

　그렇지만 경리 여직원인 자닌은 보러 갔다. "우리 곁을 떠나시겠군요…… 이젠 부자이시니까요…… 정말 이 동네에 머무르지 않으실 생각인가요? 당신처럼 어수룩하고 외로운 분이 어디서 사시려고?…… 아, 그렇지. 가정부를 둘 수 있으시겠네요……" 그녀는 눈물을 글썽였다. 한동안 그녀는 내 가슴속에서 쥘리에트를 대신했다. 그러나 이미 지나간 일이다. 그녀는 장시간 계산대에 붙어 있도록 길들여져 움직일 줄을 몰랐고 비만증만 더해갔다. 자닌은 내가 남들과 다르게 볼품없는 인물임을 알고 있었다. 그러나 난 남들과 다를 바 없다. 난 우리 시대의 모든 인간처럼 회의적이고, 꿈도 사는 목적도 없으며, 삶이 피곤하여 쉽사리 지쳐버리니 가능한 한 적게 일하고(달리 방도가 없으니), 이 회한과 권태에서 벗어나려고 술과 좋은 음식을 즐긴다.

사장이 작별인사를 하겠다고 술집에 왔다. 회사의 셋째 여직원이며 어느 정도 중책을 맡은 '간부급'인 뤼시엔은 피에르 랑불과 함께 왔다. 뤼시엔은 나의 세번째 여자이자 마지막 애인이었다. 거의 모두 변두리에 살고 근무 시간에 묶여 짝을 찾으러 뛰어다닐 시간이 없어서 우리는 직장에서 짝을 골랐다. 우리는 수중에 떨어지는 걸 낚아챘다. 다른 말이 떠오르지 않아 이 표현을 쓰지만, 내가 가장 사랑한 여자는 뤼시엔이었다. 그녀는 나보다 젊은 신입사원인 피에르 랑불을 더 좋아했다. 뤼시엔은 셋 중에 가장 젊고, 유일하게 예쁜 몸매를 지녔다. 활기차고 야심만만한 젊은 사내 피에르가 뤼시엔을 유혹했다. 그는 단지 단기 연수를 위해 우리 회사로 일하러 왔을 따름이었고 큰 사업을 벌이기 위해 자금을 기다리고 있었다. 그는 뤼시엔으로 하여금 그가 자신의 인생과 사업의 동반자라 믿게끔 만들었다. 사장이 피에르 랑불을 고용한 지 꼭 오 년 일 개월, 뤼시엔이 그자 때문에 나를 떠난 지 꼭 오 년이 지났다. 그들은 여전히 회사를 떠나지 않았다. "이 기회에 당신네들 오 주년 파티도 함께 하지." 피에르와 함께 카페로 들어오던 뤼시엔에게 내가 말했다. 그녀는 얼굴을 붉혔다. 나를 볼 때마다 항상 불편해하고 항상 얼굴을 붉히던 그녀는 나를 떠난 것에 대해 조금은 양심의 가책을 느꼈고, 나보다 잘난 것도 없는 피에르에게 빠진 점을 미안하게 생각했다. 그러나 그는 나보다 더 젊고 덜 추했다. 사실 나는 그리 못생긴 편은 아니고, 단지 멀겋고 푸른 눈, 태어날 때부터 시들고 약간 덤덤하고 퇴색한 얼굴을 가졌을 따름이다.

　뤼시엔에게 당한 것이 나는 무척이나 고통스러웠다. 이렇듯 예쁜 다리, 곡선미, 우아한 미소를 지녔고 게다가 나를 원하는 미녀를 어디에서 찾을 수 있을까? 그녀가 떠났을 때 나는 나 자신에 대해 자문해보고 망연자실했다. 그녀가 곁에 있을 때는 의식하지 못했지만 나의 삶에서 그녀가 차지했던 비중을 실감했다. 심지어 우울증 증세가 나타나 한 달 동안 병가를 얻어 직장에서 멀리 떨어진 동네에서 지냈다. 사실상 우리의 사랑은 둘이 하는 고독 놀이에 불과했다. 이제 나에게 남은 것은 무기력과 혼돈뿐이리라 생각했다. 그녀는 지금 그와 함께 얼마나 행복할까?

　피에르는 더이상 장래 계획에 대해 이야기하지 않았으며, 반면에 배가 나와 있었다. 그 역시 나를 보면 불편해하는 것 같았다. 오, 하지만 이젠 그렇게…… 오 년이 지났으니 덧없고 보잘것없는 갈등에서 뭐가 남았겠는가? 아마도 나를 보고 그들 중 어느 누구도 불편해하지 않았을 수도 있다. 이 모든 것을 나는 상상해보았다. 사실인즉, 지난 오 년간 나는 여자관계가 없었다. 혼자 사는 것에 익숙해졌다. 내 삶을 즐기기에는, 말하자면 내 삶을 살거나 새로운 삶을 시작하기에는 자신이 없었다. 하기야 내 삶이라는 것이 있었는가? 뤼시엔과 더불어 무엇인가의 시작 같은 것이…… 쥘리에트와는 구름 사이의 푸른 하늘을 보는 것 같았다.

우리는 보졸레의 첫 잔을 비웠고, 둘째, 셋째 잔을 비웠다. 내가 넷째 잔을 돌리기 전에 사장은 자리를 떴다. 그는 내게 행운을 빌었는데, 그 전에 회사를 확장하려 하며, 수익성 좋은 일을 벌일 것이고, 고객이 날로 늘어나 수요를 어떻게 감당할지 모르겠으며, 사원을 더 채용해야겠다는 말을 빼놓지 않았다. 나는 몸서리쳤다. 회사에 남아 있었다면 일을 얼마나 더 해야 했겠는가…… 그러나 미국 삼촌 덕분에…… 사장은 총 매출을 서너 배로 늘리려 하니, 나는 네 배로 일을 해야만 했을 것이다. 그러나 나는 곧 사장의 말을 믿지 않았다. 회사는 전과 다름없이 그럭저럭 유지될 것이다. 나는 또한 위험한 일은 피했다. 사장은 내게 동업 제의를 하지 않았다. 그가 원치 않음을 이미 알고 있었다. 그의 사업은 소규모이며 사장은 너무 겁이 많아 모험 따위는 하지 않는다. 물론 그가 옳다. 왜 괜히 골치를 썩겠는가? 나라도 그처럼 할 것이다. 피에르와 뤼시엔도 다섯째 잔을 비운 뒤 다른 사람들과 함께 자리를 떴다. 모두 약간 얼근히 취했다. 물론 나는 그들을 가끔 보러 가겠다고 약속했다. 한 지붕 아래서 십오 년을 보냈으니 상당하지 않은가? 나는 그들 대부분이 입사하는 것을 보았고, 또다른 이들이 떠나는 것도 보았다. 내가 입사하던 당시 지금 사장에게 회사를 물려준 사장의 부친과도 안면이 있었다. 뤼시엔은 자리를 뜨며 내게 미소를 지어 보였다. 마치 후회하는 듯이. 일종의 회한이라고나 할까? 이런, 그녀에게 새치가 한 오라기 있군. 잔주름도. 참으로 놀라운 사실이었다. 나는 그녀가 영원한 젊음을 누리지 못하리라고는 한 번도 생각하지 않았다. 그녀는 눈물을 글썽이며 뜨거운 입술 끝으로 내게 입을 맞췄다. 우리는 서로 원망할 이유가 없었다. 그녀는 어쩌면 우리의 사랑이 실패하지 않을 수도 있었다고 상상할 만큼 순진했다. 그녀는 지금이라도 내가 원하기만 하면 다시 시작할 수 있다고 생각할지도 모른다. 그녀는 금전 부족이나 음울한 일이 우리 사이의 진전을 막았다고 생각할 수도 있기 때문이다. 그러나 우리가 잘 알다시피 사랑은 태산도 넘고 무쇠도 부수며 온갖 장애를 넘는다. 사랑은 모든 것을 극복한다. 우리가 집어치우고 포기하는 것은 우리의 무능 때문이다. '위대한 사랑'은 포기가 무엇인지 모른다. 이런 문제가 있는지조차 모르며 절대로 포기하지 않는다. 실패처럼 포기는 무능한 자들을 위한 것이다. 상황이 달랐다면 성공할 수도 있었다고 상상하다니, 불쌍한 뤼시엔. 어떤 상황이라도 객관적일 수는 없다. 재 속에 강렬한 불씨가 숨어 타고 있는 것을 느낀 적이 한 번이라도 있는가? 아! 나의 영혼에 아무리 물어봐도, 그 속을 아무리 뒤져봐도 소용이 없었다. 내 영혼 속에서 오묘한 떨림이라고는 털끝만큼도 찾아낼 수 없었다. 내 머리 속의 회색 공간에는 그저 폐허 더미 아래에 폐허, 그 아래에 또 다른 폐허가 있을 뿐이었다. 그러나 폐허가 있다면 예전에는 어쩌면 신전, 눈부신 원주, 찬란한 제단이 있었다는 걸까? 추측일 뿐이다. 사실 혼돈 외에는 아무것도 없다.

자크 뒤퐁이 마지막까지 남았다. 십삼 년 동안이나 우리는 같은 책상에서 마주 보며 일해왔다. 리스트를 만들고, 만들고, 또 만들었다. 그는 나를 대신할 사람을 찾을 때까지 한두 주 동안은 두 배로 일해야 하겠지. 그러나 사장은 벌써 사람을 골라놓지 않았는가? 뒤퐁은 다른 사람에게 익숙해져야 할 거야. 그 사람의 습관이 신경에 거슬려 넌덜머리를 내며. 그러다가 그에게 익숙해지면 더이상 신경 쓰지 않겠지. 그는 나를 아쉬워할 거야. 내가 그를 보러 가끔 들러야겠지. 예를 들어 퇴근 시간에 기다린다든지, 그에겐 호시절로 여겨질 그 옛날처럼 함께 한잔 나눈다든지. 그에게 내 주소를 주면 찾아올 수도 있겠지. 그는 "당연히 그래야지"라고 말했으나 "그러나 사람들이란 부자가 되면……" 하며 망설였다. "천만에, 그럴 리 있나. 내가 어떻게 자네를 잊을 수 있겠어? 좋은 일, 궂은 일, 그 어느 것도 잊지 못하네. 더구나 자네 같은 사람은……"

결국 그는 술집에 남아서 나와 함께 점심을 먹었다. 우리는 술집 주인에게 한 잔 냈다. 그러자 그도 우리에게 한 잔 냈다.

"선생님, 우리를 보러 오실 거죠. 이렇게 친구를 떠나는 법은 없어요. 십오 년간 우리 집 단골이셨죠. 제가 잘 대해드렸죠. 식당이나 술집이 도처에 널려 있는 줄은 저도 압니다만, 어디에서도 우리 집만큼 잘해드리지는 않을 겁니다. 무얼 드시겠습니까?"

자크와 나는 창가 식탁에 앉아 있었다. 날이 흐렸다. 우리는 파테와 정어리, 부르고뉴식 쇠고기 찜, 커피와 보졸레 포도주 두 병을 주문했다. 우리는 커피를 여러 잔 마셨고, 매번 커피를 삭이려고 독주를 마셔댔다. 그가 가버렸고, 나도 자리를 떴다.

거처를 서둘러 옮기고 싶었다. 나는 여러 해 동안 작은 호텔의 비좁은 방에서 살았다. 겨울에는 그럭저럭 따스했으나 여름에는 너무 더웠다. 방에는 붉은 담요가 덮인 침대, 옷장, 탁자, 세면대가 있었고, 화장실은 복도에 있었다. 같은 층에 세놓은 방들이 여럿 있어서 종종 화장실 앞에서 줄을 서야 했다. 가장 먼저 화장실을 차지하려면 무척이나 일찍 일어나야 했다. 여덟시 반까지 출근하면 되니까, 그러고 나서 사십오 분 정도 다시 잘지언정. 아홉시 십오 분 전까지는 출근부에 서명을 해야 했다. 서명이 안 된 날에 대해서는 벌금을 내야 했다. 내 방은 7층에 있었다. 천장이 약간 기울어진 지붕 밑 방이었다. 방에는 철제 난간이 둘린 네모진 작은 발코니가 딸려 있었다. 방은 밝았다. 한구석에는 스무 권 정도의 책이 있었다. 나는 책을 더 갖고 싶었으나 책꽂이도 선반도 없었다. 읽은 책들은 내다버리곤 했다. 도스토예프스키의 『광인』, 빅토르 위고의 『레 미제라블』, 『삼총사』, 『몽테크리스토 백작』, 『카프카 단편집』, 아르센 뤼팽과 룰르타비유*만 남겨두었다. 일요일에는 혼자 영화관에 갔다. 동반할 사람이 없었고, 그렇다고 길에서 지나가는 여자에게 접근하기에는 너무 소심했다. 자크 뒤퐁은 거리야말로 여자를 낚기에는 최적의 장소라며 자기는 그렇게 한다고 했다. 어쩌면 허풍이었을 수도 있지. 영화를 본 후에는 잠깐 산책을 했다. 멍하니 진열장을 바라보다가 여자들을 보려고 조금 정신을 차려 두리번거리기도 했다. 가끔 영화를 한 편 더 보러 가기도 했는데,

---

* 프랑스의 소설가 가스통 르루의 『노란 방의 비밀』에 나오는 인물.

대개 범죄영화였다. 혹은 선술집 테라스에서 맥주를 한두 잔 비웠다.

살짝 심심했다. 일요일 오후보다 쓸쓸한 것이 없다는 것쯤은 누구나 잘 알 것이다. 젊은 아버지가 아이의 손을 잡고 가고, 배가 부른 아내가 유모차를 밀고 가는 모습을 보면 그들을 죽여버리든가 내가 죽어버리고 싶은 욕망에 사로잡혔다. 그러나 맥주 서너 잔째부터는 모든 것이 우스꽝스러워졌고, 심지어 유쾌해지기까지 했다. 어두워질 무렵부터는 산책하는 가족들 대신 덜 우울한 사람이나 어스름한 실루엣들이 보였다. 거기에다가 맥주를 두어 잔 더 걸치고 나면 행복해졌다. 육체가 느껴지지 않고 멍청한 미소가 절로 나왔다. 나의 작은 호텔로 돌아와 비틀거리며 방문을 열었다. 옷 벗기가 힘들어 되는대로 의자 위에 옷을 팽개치고 침대 위에 몸을 던졌다. 만일을 대비해 침대 옆 탁자 위에 자명종을 놓았으나 항상, 거의 항상 자명종이 울리기 조금 전에 깨곤 했다. 자명종 소리는 무의식까지 오싹하게 만들어서 소리가 시작되기 직전에 무의식이 나를 깨웠다. 나는 자명종 단추를 눌러 끄고 몇 분 더 자거나, 깬 채로 침대 속에서 뭉그적거렸다. 월요일 아침에 한 주를 다시 시작해야 한다는 사실을 잊기 위해 일요일마다 술에 취했던 걸까? 월요일 아침이면 입 안의 혀는 퉁퉁 부은 것 같고, 머리는 아프고, 절망스러웠다. 세수하는 것이 다른 요일 아침보다 더 초인간적인 과업 같아 보였다. 태산을 옮기는 일. 매일 똑같은, 고통스러운 강제노동이었는데, 일요일의 그것과는 또 달랐다. 나는 사무실에서 그리 멀지 않은 곳에 살고 있었다. 거리로 나서면 하루하루가 지옥 같은 삶에 뛰어드는 나처럼 분주한 사람들뿐이었다. 근처 카페에 잠시 멈춰 진한 커피와 독한 술 한 잔을 마셨다. 그러고 나서야 기분이 나아졌고 평정을 되찾았다. 대개 월요일 아침에는 지각을 했고 서명할 출근부는 벌써 사라져 있었다. 자크가 나에게 물었다.

"일요일 어떻게 보냈어? 재미있었나?"

"너무 웃어서 배꼽이 아플 지경이야."

자크는 유부남이었다. 그는 마누라와 함께 영화관 가는 것을 싫어했다. 혼자서 아니면 다른 여자와 가고 싶었을 것이다. 나는 혼자 가는 것이 싫었는데, 막상 화면 앞에서는 그것도 잊어버렸다. 나는 내가 본 영화 줄거리를 이야기하지 못했다. 나는 움직이는 그림을 바라보며 앉아 있었다. 사람들이 쫓고 쫓기고, 서로 싸우고, 큰 소리를 내며 총으로 서로 죽이는 걸 보았다. 자크는 영화를 선별했다. 아무거나 보러 가지 않았다. 교양 있는 사람이었다. 그는 자기가 본 영화에 대해 내게 길게 늘어놓았다. 그러나 나는 그도 나만큼이나 지루해한다는 것을 알고 있었다. 그가 털어놓지는 않았어도 말이다. 월요일은 주 중에 가장 고통스럽고 가장 견디기 힘든 날이었다. 아틀라스가 지구를 짊어졌듯이 나는 돌아올 한 주를 등에 지고 있었다. 월요일 저녁엔 육분의 일의 짐을 더는 것이다. 날마다 짐은 가벼워졌다. 금요일 저녁에 나는 행복하다고 할 수 있었다. 토요일 아침이 남아 있으나 자유로운 오후는 우리 것이었다. 나는 호사스럽고 즐겁게 식사를 했다. 오후에는 침대에 누워 지냈다. 토요일 저녁이면, 고통스러운 월요일까지 일요일 하루만 남아 있었기 때문에 불안해지기 시작했다. 월요일이 한 주에서 가장 무겁고 부담스러운 날이라면 일요일은 가장 공허했다.

빌어먹을, 모두 내 잘못이었다. 공부를 계속할 수도 있었다. 아버지는 내가 다섯 살 때 돌아가셨고 어머니가 나를 키웠다. 어머니는 무슨 이유로 친정 식구와 사이가 나빴는지 모르겠다. 생각건대 아마도 아버지와의 결혼을 반대했기 때문이리라. 아버지가 돌아가시고 꽤 지나서도 어머니는 친정과 소원했다. 불쌍한 어머니, 어머니는 뼈 빠지게 일했다. 사무실에서 일하는 것도 모자라 집에 돌아와서도 봉투에 주소 쓰는 일을 했다. 내가 어머니를 조금 돕고 나면 어머니는 나를 숙제하러 보냈다. 나는 공책과 책 위에서 잠들곤 했다. 어머니는 내가 열등생인 것을 안타까워했다. "공부해. 공부를 안 하면 나중에 후회한단다. 착하지. 공부 열심히 할 거지? 너는 교수나 기술자 아니면 의사가 될 거야. 높은 사람이 될 거야. 네 밑에 사람들을 주렁주렁 거느리게 될 거야." 어머니는 이렇게 말했다.

나는 어머니가 기뻐하도록 공부를 잘하고 싶었다. 성적이 나쁘면 어머니가 얼마나 괴로워하셨는지. 어머니는 자신의 운명이 아닌 나의 운명을 안타깝게 여기며 나를 애써 키웠다. "너는 대사나 학술원 회원, 장군의 옷을 입고 훈장을 달 수 있을 거야. 열심히 공부하면 그렇게 된단다. 많은 사람이 그랬어. 네가 그들보다 바보는 아니잖니? 자, 힘을 내라……" 그러나 학교 성적은 항상 나빴다. 어머니는 나를 위해 죽도록 일했다. 내가 군복무를 마치자마자 어머니는 내게 지금의 직장을 찾아주었다. 어머니가 주소 쓰는 일을 하던 회사 사장 덕분이었다. 그 사장의 친구가 나의 사장이 된 것이다. 어머니는 나에게 말했다. "네게는 아직 시간이 있단다. 대입자격시험을 치를 시간 말이야. 저녁에 공부할 수 있어." 내가 회사를 다니기 시작한 지 몇 주 되지 않아, 어머니는 뇌일혈로 갑자기 세상을 떴다. 어머니는 의무를 다한 것이다. 나를 키웠고, 사장의 손에 나를 맡겼으며, 일자리를 구해주었다.

나는 회한과 무력함에 사로잡혔다. 회한. 어머니가 인생에서 두 번 실패했기 때문이다. 첫번째는 아버지 때문에, 두번째는 내가 어머니의 기대에 미치지 못했고 어머니의 삶이 보상받도록 돕지 않았기 때문이었다. 나는 어머니가 고생하며 살았던 그 부엌 딸린 어둠침침한 방 두 개짜리 아파트에서 더이상 살고 싶지 않았다. 그래서 더 유쾌할 것도 없는 수수한 호텔에서 살기로 했다. 그렇게 해서 나는 몇 시간이고 똑같은 우스갯소리를 늘어놓는 자크 뒤퐁과 마주 앉게 되었다. 그러나 내가 저녁에 퇴근 후 이 술집 저 술집을 전전할 때 자크는 교양을 쌓았다. 그는 소설과 이념서적을 읽었고, 혁신정당에 가입했다. 저녁이면 이데올로기를 익혔다. 아마도 자는 사이 의식화되었는지 다음 날 아침에는 열렬히 사회를 공격했다. 내가 그의 유일한 말상대였으므로 나를 노려보고 삿대질을 해대는 바람에 나는 양심의 가책을 받았고 '체제'에 의해 일어난 모든 사회악이 내 탓인 양 느껴졌다. 바로 내가 나쁜 사회이자 나쁜 체제이며 속죄양이었다. 사실 이런 상황을 그다지 오래 끌지 않아서 길어야 한 시간 정도였다. 옆방에서 우리의 대화를 어렴풋이 들은 사장이나 그의 비서가 우리 책상으로 와서 일이나 하라고 종용했기 때문이다. 이렇게 해서 모두 평정되면 정오에는 자크와 다정하게 단골 술집에 한잔하러 갔다. 오후가 되면 그는 비방을 계속하기에는 너무 피곤했으며, 특히 우리 둘 모두 그의 연설로 허비한 시간을 만회하느라 죽어라 일해야만 했다. 가을의 퇴근길에 자크와 나는 날이 조금씩 짧아지는 것을 알았고, 정월부터는 그 혹은 내가, 해가 전날보다 일 분쯤 길어진 것을 깨달았다.

 나는 반항아는 아니었다. 그렇다고 체념하지도 않았다. 무엇을 체념해야 할지, 또는 기쁘게 살려면 어떤 사회를 설계해야 할지 몰랐기 때문이다. 슬픈 편도 즐거운 편도 아니었으며, 그저 머리에서 발끝까지 거기 있었다. 이런저런 사회가 무엇을 한다 해도 이 세상은 조금도 달라지지 않고 그대로일 뿐이라는 세계관에 사로잡힌 채. 우주는 낮과 밤, 별과 태양, 땅과 물을 갖춘 채 단 한 번에 결정되었고, 이렇게 우리에게 이미 주어진 것을 바꾸는 짓은 상상할 수조차 없는 것이었다. 위에는 하늘이 있으며 발밑에는 땅이 있고, 중력의 법칙과 다른 법칙들이 존재하여 우주의 질서를 관장했다. 그리고 우리, 우리는 그것의 일부였다. 그렇지만 나도 두세 번쯤 반항심을 느낀 적이 있었다. 때로는 사업상의 식사 후에 익명의 사원이나 이사회의 나리들이 사무실을 감사하러 오는 일이 있었다. 이는 이십사 시간 전에 예고됐다. 우리는 쓸고, 닦고, 수염도 단정히 바싹 깎고, 빳빳이 다림질된 작업복을 입은 채 나리들을 기다렸다. 그들은 사장의 안내를 받으며 사무실로 들어섰다. 우리는 그들을 맞이하느라 벌떡 일어섰다. 그들은 우리에게 인사말을 건네지도, 우리의 인사에 답하지도 않았으며, 심지어 우리 따위는 안중에도 없었다. 그들은 보관 기록과 서류를 검토하고 사장의 설명을 들었다. 그들 대부분이 머리에 모자를 썼다. 모자를 쓰지 않은 사람도 있었다. 그러나 예닐곱 명 모두 기름진 식사를 막하고 난 후라 얼굴이 불그레했다. 그들은 모두 레지옹 도뇌르 약장(略章)이나 훈장을 하나씩 달고 있었다.

그들 뒤로 문이 닫히자마자 자크 뒤퐁이 소리를 질렀다. "우리가 저들을 먹여 살리는 거야. 우리의 땀과 고생이 저들을 살찌우는 거라고."

자크 뒤퐁의 단언은 표현 그대로라면 조금 과장되었다. 그나 나나 나름대로 편하게 앉아 살았을 뿐 땀 흘려 일한 적은 없었으니까 내 분노도 오래가지 않았다. 그자들 얼굴이 불콰한 꼴로 봐서 머지않아 뇌일혈로 죽을 거라고 생각했다. 그리고 자크 뒤퐁과 나는 무엇인가? 두 인간, 30억 마리의 다른 벌레들 사이에 낀 두 마리의 가련한 벌레에 지나지 않았다. 그 나리들도 우리 부류의 30억 마리 중 예닐곱일 따름이다. 그들을 누구로, 무엇으로 대체할 수 있단 말인가? 사회가 바뀌건 말건 나는 그 부산물일 뿐이었다.

그렇지만 나는 내 몸뚱어리가 거추장스러웠다. 도대체 어떻게 움직여야 몸이 안 느껴지거나 가급적 덜 느껴질지 몰라서 말이다. 가끔, 특히 어릴 적에는 우주의 신비에 당황했다. 무한한 우주는 우리의 지력으로 상상할 수 없었다. 학교에서도 또 어디에서도 우주는 무한하다는 말을 내게 되풀이했다. 그후에 우주는 무한하지 않고 유한하다고 들었는데, 그것은 더 상상할 수 없었다. 그 '다음'에는 무엇이 있는가? 아마도 우주는 유한하지도 무한하지도 않을 것이다. 유한, 무한이라는 단어는 결국 아무 의미도 없는 표현이니까. 너무도 간단하고 초보적이어서 마치 상상하라고 생겨난 것 같은, 유한이나 무한, 또는 유한도 무한도 아닌 것을 생각하지 못한다면 아예 생각을 안 하고 사는 수밖에 없지 않은가? 우리의 모든 이성이 혼돈 속에 빠진다. 가령 가능한 판단력의 기초를 우리 자신조차 모르고 있다면, 정의나 물리 질서, 역사나 자연법칙, 세계에 대해 무엇을 알 수 있겠는가? 무엇보다도 생각하지 말자. 아무 생각 하지 말자. 아무 생각도 하지 말자. 아무 판단도 하지 말자. 그러지 않으면 미치광이가 될 것이다. 그렇지만 도대체 미치광이는 무엇인가? 이것도 물어서는 안 되지. 이렇게 여러 해 동안 순간순간, 비판도 없이 막연한 순간들을 살 수 있었다. 그러나 그 순간은 뤼시엔, 쥘리에트와 자닌이 있어서 화젯거리가 있는 순간이었다. 시간이, 주말과 주초가 있었기에. 육체가 묵직하고 불쾌하게 느껴지면서 나 자신이면서도 나 같지 않은 무엇인가처럼 여겨졌다. 존재의 불안과 권태, 나의 단순하고 유치한 철학으로도 어쩔 수 없는 불안과 권태가 엄습해와서, 나와 내 무념의 방패를 뚫고, 나를 이기고, 내 존재 안으로 침투했다. 매일 출근하는 것은 이제 습관이 아니라 속박이었다. 나 자신에게 아무것도 설명할 수 없었다. 다만 감내할 따름이었다. 특히 자크 뒤퐁이나 피에르 랑불, 사장을 보지 말아야지. 이건 행운이다. 떠나고 해방되다니. 절대적으로 이해할 수 없는 가운데서도 아주 사소하지만 이해해야 할 것이 있었다. 그것은 우리가 우주를 이해할 수 없고 우주의 대법칙들을 정의하지 못한다 할지라도, 커다란 무한이나 무한도 유한도 아닌 것 속의 소우주 안에서 움직일 수 있다는 것이다.

10월 초순이었다. 날씨는 여전히 따스하고 화창했다. 나는 아파트를 찾아나섰다. 처음에는 가로수가 많고 넓은 대로변, 예를 들어 뷔트쇼몽 같은 큰 공원 맞은편에 살고 싶었다. 그후에는 차라리 베르사유 주변에 사는 것이 낫겠다는 생각이 들었다. 그러나 거기에는 공공건물 아니면 너무 비싼 집들뿐이었다. 사실 신중하게 생각해야 했다. 내 수입으로 오래 살아야 하니까. 물가가 오르는데 내 재산으로 오래 버틸 수 있을까? 주식이나 채권을 사라는 권유를 받았지만 잘 알지도 못할뿐더러 믿을 수 없었다. 옛 사장의 라이벌 회사에 투자하면 어떨까? 내가 살던 호텔 관리인은 호텔을 새로 단장하려 했다. 조금 벌어 조금 쓰는 봉급쟁이(다행히 나는 그 신세를 면했다)들을 더이상 상대하지 않겠다는 것이었다. 농장을 살 수도 없는 것이, 농사를 지을 줄 모르고, 시골에서 이틀 이상 지낸 적도 없었다. 한동안 호텔 관리인의 제안에 솔깃했다. 요컨대 그는 이 호텔을 뜨내기 여행객을 위한 호텔로 만들려는 거였다. 그러나 경찰이나 불량배에게 시달림을 받을지 모른다는 생각이 들었다. 관리인은 양쪽에 모두 친구들이 있다며 나를 안심시키려 했으나 그리 미덥지 않았다. 내게 최선의 길은 사업가와 손잡지 않는 거였다. 낮 동안은 집을 구하러 다녔고, 밤에는 하늘에서 내게 뚝 떨어진 이 돈과, 이 돈을 실수 없이 사용해야 한다는 생각을 하느라 뒤척이며 잠을 이루지 못했다. 어느 날 새벽, 언제인지 기억은 안 나지만 유산 상속 이전이니 꽤 오래 전에 들은 이야기가 문득 떠올랐다. "돈은 부동산에 투자하라." 맞다. 집을 몇 채 사서 세를 놓는 거다. 누구에게 세를 놓는다? 월세를 전혀 안 내거나 잘 안 내는 놈들에게? 아니면 집을 몽땅 더럽히거나 기득권을 내세우며 내가 식료품 값 인상하듯 집세를 올리지 못하게 할 놈들에게?

하여튼 아침에 호텔 방을 나올 때면 휘파람을 불며 계단을 경쾌하게 내려왔고, 열시고 열한시고 그저 내키면 길로 나섰다. 즐겁고 행복했다. 그리고 그것이 그토록 즐거울 게 없고 완전한 행복이 아님을 깨달았다. 나는 짐을 덜었던가? 삶의 짐을? 사실 나는 태어날 때부터 짐에 짓눌려 있었다. 이 세상은 커다란 새장, 아니, 거대한 감옥 같았다. 하늘과 수평선은 벽이어서 그 너머에 다른 것이 있을 것 같았다. 도대체 무엇일까? 나는 광대하지만 폐쇄된 공간에 갇혀 있었다. 아니, 그것은 차라리 일종의 커다란 선박 같았다. 그 안에 내가 타고 있고, 하늘은 큰 뚜껑 같은. 우리는 수많은 죄수였다. 그러나 대부분의 죄수들은 그 사실을 모르는 것처럼 보였다. 벽 너머엔 무엇이 있을까? 그렇지만 마침내 좋은 일이 일어났다. 일상의 감옥, 대감옥 속의 소감옥이 나에게 문을 열어준 것이다. 대감옥의 넓은 산책로와 큰길을 활보할 수 있게 된 것이다. 이 세상은 동물원에 비유할 수 있을 것이다. 그 안에서 동물들이 가짜 동산, 인조 나무, 인공 호수 등에 둘러싸여 일종의 반쪽의 자유를 누리고 있었다. 그러나 끝에는 여전히 철책이 있었다.

하여튼 계속 집을 찾아야 했다. 건축중인 집들을 돌아보았다. 하지만 벽이 세워지는 것을 보면 병이 날 것 같았다. 신축중인 벽은 오래된 집의 낡은 벽보다 한결 감옥의 벽을 닮았다. 오래된 집은 벽이 얇아서 세월이 지나면 밖을 내다볼 수 있을 것 같은 인상을 준다. 그 바깥이 비록 또다른, 더 넓은 안일지라도. 결국 돈을 관리할 방도를 찾아냈다. 이자를 7퍼센트 주기로 약속한 공증인 세 명에게 재산을 삼등분하여 맡겼다. 그들은 집을 짓는 사람들에게 돈을 빌려주었다. 채무자가 전액을 갚으면 또다른 사람들에게 빌려주는 것이다. 내게는 가장 좋은 방식이었다. 공증인들은, 나도 그렇게 생각했듯이, 요즘처럼 전반적인 경제난에 채권이나 주식을 사는 것은 경솔하다고 잘라 말했다. 드디어 거처도 찾았다. 어머니와 살았던 슬프고 습기 찬 아파트나 호텔 방을 전혀 떠올리지 않아도 되는 곳이었다.

파리 근교에 자리한 아파트였다. 그리 낡지도, 그렇다고 새것도 아닌, 1865년에 지은 튼튼한 건물 4층이었다. 입구는 어두웠고, 들어가면서 왼쪽에 화장실이 있었으며 그다음엔 부엌문이 있었다. 벽은 조금 더러웠으나 칠하면 괜찮을 것 같았다. 오른편 유리문을 열면 창문 세 개에서 햇빛이 들어와 밝고 넓어 보이는 커다란 방이 나왔다. 그방을 거실, 즉 응접실 겸 식당으로 쓰기로 했다. 복도는 왼편으로 구부러져 욕실과 침실 두 개로 이어졌다. 이 복도 안쪽 방들은 안마당을 향해 있었다. 이 방들 중 하나를 침실로 쓸 예정이었다. 다른 방은 무엇으로 쓸까? 잡동사니를 넣어두는 방으로 써야겠다. 가방이랑 옷들을 넣어두면 옷방이 되겠지. 커다란 방은 아파트의 한 모퉁이를 차지하고 있었다. 창 둘은 큰길 위로 나 있고, 다른 하나는 작은 안마당이나 정원에 에워싸인 별장들이 있는 작은 골목 위로 나 있었다. 큰길로 대형 트럭과 버스들이 지나다녀서 집이 가볍게 떨리곤 했다. 소음은 상관없었다. 두 개의 창문 바로 맞은편, 길 건너 인도에 버스 정류장이 있었다. 필요한 것은 주위에 다 있었다. 식사할 수 있는 작은 식당이 엎드리면 코 닿을 곳에 있었다. 두 집 건너에는 셀프 서비스 세탁

소가 있고, 버스 정류장 가까이에는 신문과 담배를 파는 가게가 있고, 그 옆에 라디오와 가전제품 및 주방기구를 파는 가게가 있었다. 그러나 다른 쪽 창으로는 골목만 보여서 멀리 지방 소도시에 머무는 듯한 느낌이 들었다. 나는 이 양쪽 창에서 얻을 수 있는 이점을 대번에 알아챘다. 3미터 차이로 대도시에서 시골로 여행을 할 수 있는 것이다. 나는 가급적 빨리 이 집에 자리잡고 싶었다. 내게 아파트를 판 사람은 남편을 잃은 지 얼마 안 되는 노파였다. 노파는 장래 계획을 세우고 있었다. 경리 직원이며 독신인 조카딸과 함께 살 계획이며, 조카딸은 작은 방이 두 개 있는데 그거면 둘에게 충분했다. 조카딸이 은퇴하려고 하는데 적으나마 퇴직금을 받고, 또 노파가 가진 돈을 합하면 둘이서 검소하지만 불편함 없이 꽤 오랫동안 살 수 있었다. 한 십 년, 아니, 잘하면 십오 년도 살 수 있을 것이다. 노파는 십오 년 이상은 살지 못할 것이고, 조카딸은 남프랑스 해안에 있는 아파트를 미국인에게 팔고 좋은 양로원에 들어갈 수 있을 것이다.

집에서 몇백 미터 떨어진 곳에 가구점이 있었다. 다행히 골동품 가게가 아니어서 가구들은 번쩍거리는 새것이었다. 물론 그 가게에 무엇이든지 다 있는 것은 아니지만, 내가 원하는 것은 모두 본점에서 가져오게 할 수 있었다. 모두 솜씨 좋고 성실한 수공업자들이 만든 좋은 물건이었다. 커다란 방 오른쪽 벽에 온통 노란 식기장을 들여놨는데, 양식은 알아보기 힘들었다. 장사꾼은 그것이 1925년형으로, 본점의 목수 하나가 그 이전 모델을 약간 수정하여 직접 제작했다고 말했다. 방 가운데에는 6인용이지만 상판을 빼내어 늘이면 열 명은 거뜬히 앉을 수 있는 원탁을 가져다놓게 했다. 그렇게 많은 사람이 모일 리는 없으나 혹시 모를 일이다. 어머니의 조카인 사촌들과 화해할 수도 있고, 어쩌면 동네 사람들을 사귀거나 사교 모임을 열 수도 있다. 튼튼한 노란 의자를 열 개 주문하여 여섯 개를 원탁 주위에 놓고, 두 개는 벽 가까이 큰길로 난 두 창문 사이에, 다른 두 개는 문 곁에 놓았다. 양탄자는 전체적으로 깔지 않고 원탁 밑에만 진분홍빛 둥근 것으로 깔았다. 안락한 게 좋아서 안락의자 둘을 주문해 응접실로 쓸 부분에 배치했다. 큰길로 난 창문들 중 방 모퉁이 쪽 창문 맞은편에 푸른색 안락의자를 놓고, 골목으로 난 창문 근처에는 역시 푸른색인 긴 소파를 놓았다. 이 긴 소파에 누워 신문을 읽을 생각이었다. 천장에 샹들리에를 달고, 긴 소파 옆에 오렌지 빛 갓을 씌운 스탠드를 놓았다. 창에는 커튼을, 푸른 잎사귀 무늬가 있는 붉고 묵직한 이중 커튼을 달아서 안락한 느낌과 풍요로운 인상을 주게 했다. 큰 식기장 근처에 괘종시계를 들여놓고, 바닥이 번쩍이는 게 좋아서 마루에 초칠을 해 광을 냈다. 한때 형광등을 달까 생각했는데 모두 만류했다. 부엌에만 달기로 했다. 이렇게 새 가구들을 들여놓으니 방이 참 그럴싸했다. 부엌은 초현대식으로 꾸몄다. 밤에 몹시 뒤척이는 편이니 침대는 여유가 있는 것이 좋을 것 같아 침실에는 두세 명은 넉넉히 누울 만한 큰 침대를 들여놓고, 옷장과 옷걸이도 샀다. 또 창가에 꽃무늬 천을 씌운 작은 소파를 놓고 녹색과 분홍색이 어우러진 커튼과, 같은 색 침대보를 마련했다.

시장에서 스푼, 포크, 나이프 세트와 장미 무늬 접시와 잔, 또 아침 식사용으로 2인용 커피 잔 세트를 샀는데, 스푼은 은제품이었고 잔은 금테를 두른 것이었다. 이 모든 것을 중국식 쟁반과 함께 식기장에 놓왔다. 2인용 커피 잔 세트는 일요일에만 쓰기로 마음먹었다.

시트와 베갯잇을 사고, 휴일에 입을 기성복 한 벌을 샀다. 고운 회색 체크무늬로. 더러운 옷은 호텔에 다 버리고 밤색 윗도리와 검은 비로드 바지만 남겨두었다. 책은 빅토르 위고의『레 미제라블』과 알렉상드르 뒤마의『삼총사』를 가져오고,『이십 년 후』와『브라즐론 자작』을 끼워넣었다.

아직 호텔을 떠나지 않았다. 집안 살림을 맡을 가정부를 찾아야 했기 때문이다. 나는 빗자루를 사용할 줄 몰랐고, 더구나 진공청소기는 어떻게 잡는지조차 몰랐다. 호텔에서 보낸 마지막 날들은 기쁜 동시에 우수에 찬 나날이었다. 모든 과거, 자닌과 쥘리에트와 뤼시엔, 회사에 가느라 매일 지나다니던 거리, 술집, 이 모든 것이 끝나버렸다. 인생은 아름답다. 사무실의 먼지와 쓸데없는 서류 나부랭이 사이에서 보낸 삶. 꼽추 노파 청소부가 무척 애를 쓰건만 일손이 부족해서 저녁에 퇴근해 돌아갈 때까지 헝클어진 채 있곤 하던 호텔 침대. 아침마다 일어나기, 출근부가 여태 있기를 바라며 미친 듯이 회사까지 달려가던 일. 지각하지 않아서 출근부에 서명할 수 있었을 때의 환희, 출근부를 걷어가고 삼십 초 후에 도착했을 때의 격분. 이 모든 것이 뒤늦게 발견한 행복으로 보였다. 먼지와 혼잡한 길, 나처럼 일터로 모여들던 사람들, 수많은 잿빛 얼굴들, 우리 각자가 자기도 모르는 채 간직

하고 있는, 구름에 지나지 않은 태양을 감춘 얼굴들, 이 모든 것이 아름다움이었다. 과거란 항상 아름답고 다정하며 그리운 법인데 이를 너무 뒤늦게 깨닫는다. 우리에게는 장래의 가능성 같은 것이 필요하다. 장관인가 말단 사원인가, 백만장자인가 거렁뱅이인가 하는 것은 중요하지 않다. 그렇고말고. 우리 내부에 간직한 밝은 세상을 알기만 하면, 다시 말해 때맞게 알기만 하면 매 순간 끊임없이 환희가 넘쳐날 수 있다. 권태가 오직 우리의 무지 탓인 것과 마찬가지로 추함은 얼마나 아름다우며 슬픔은 얼마나 즐거운가! 가장 극심한 추위도 마음의 열정을 이기지 못한다. 열정에 불을 붙이기 위해 어느 스위치를 눌러야 하는지 알기만 한다면 말이다. 결국 우리는 모든 것을 후회하니, 이는 모든 것이 아름답다는 사실을 잘 증명해준다.

사실 이 낙관적인 생각은 술집 스탠드바에서 독주를 몇 잔 마신 후에 한 것이다. 멈추어야 했다. 너무 마시지 말아야 한다. 과음하면 정반대의 시각을 갖게 되기 때문이다. 우울함과 고뇌가 온갖 것을 감싸고, 쓸데없이 괴로운 세상을 살아온 것을 후회하게 된다. 술이 가져다주는 은총은 일시적이다. 은총 또는 맑은 정신. 나는 언제 진리를 깨닫는가? 비참과 독기만을 볼 때인가, 모든 인생과 천지만물이 꽃이 핀 찬란한 5월로 여겨질 때인가? 모른다. 판단할 수도 없고, 또 그럴 권한도 없다. 믿어야만 한다. 누구를?

내가 지나치게 생각하고 있음을 깨달았다. 난 전혀 생각하지 않겠다고 스스로 약속했는데, 그게 훨씬 더 현명하다. 아무도 내 생각을 전혀 이해하지 못하기 때문이다.

철학적 문제를 너무 생각한다. 바로 이게 나의 잘못이다. 내가 덜 철학자처럼 굴었다면 더 행복하게 살 수 있었을 텐데. 위대한 철학자가 아니라면 깊이 사색하면 안 된다. 철학자들도 위대해지면 비관론자가 되거나 우리가 도저히 이해할 수 없는 결론에 도달한다. 아니면 우리의 모든 욕망을 폭발시킬 것을 제안한다. 그러면 어찌 되겠는가? 적어도 이 세상 사람의 반 정도는 격렬하고 억압된 욕망을 지니고 있다. 이들이 모두 욕망을 폭발시키거나 본능을 발산한다면 서로 죽이거나 어쩌면 자신마저 죽일지 모른다. 그러나 서로 죽이거나 욕망을 폭발시키는 일은 일어날 수 없다. 경찰이 막을 테니까. 경찰이 그들 자신의 욕망을 폭발시키려 하지 않는 한. 이런 일은 살기 위해서 또는 더 나은 삶을 위해서라며 모든 사람들이 서로 죽이는 혁명 기간을 제외하고는 일어날 수 없다. 혁명은 독재를 정착시킨다. 빨리 정착시킨다. 그리고 나면 무엇보다도 격렬한 욕망들이 잇달아 일어난다. 그러나 대부분의 사람들은 별로 욕망이 강하지 않거나 자신에게 욕망이 있음을 인정하지 못하거나 또는 욕망이 아예 없기 때문에 욕망의 폭발을 원치 않는다. 내게는 욕망이 없거나 아주 조금 있거나 더이상 남아 있지 않다. 만약 내게 욕망이 있더라도, 개발되거나 고양될 가치는 없다. 어쩌면 그래도 내게 욕망이 있을 수 있다. 그러나 잠들어 있는 그것을 굳이 깨우고 싶지 않다. 내 욕망이 무엇일까? 아무튼 나를 부디 내버려두기를. 다른 사람들의 욕망이 나를 좀 가만히 내버려두고 그 욕망들이 빚어낸 일에 나를 끌어들이지 말기를. 특히 나는 내가 욕망 따위를 갖지 않았으면 하는 욕망을 갖고 있다. 그렇지만 내게도 욕망이 있음을 깨달았다. 좋다, 여자에 대한 욕망은 소멸했다. 영원히 그렇길 바란다. 게다가 전에도 그것은 약했다. 덕분에 여자로부터 온전하게 보호될 수 있었으나, 그래도 술을 마시고 싶은 욕구는 있었다. 이는 살고 싶다는 아주 미세한 욕망을 슬쩍 일으키거나 유지시켜준다. 그렇지 않으면 모든 것은 이미 꺼졌을 것이고 나는 벌써 죽었을 것이다.

신문 때문에 불행하다는 생각이 자주 든다. 온 세상에 대량학살, 반란, 치정살인, 지진, 화재, 무정부 상태와 독재 따위뿐이다. 결국 나는 거의 항상 우울하다. 아마 신문을 너무 읽어서일 것이다. 이제 읽지 말아야지. 지구의 아직 불타지 않은 마지막 귀퉁이에 산다는 것은 행운이니 이를 충분히 누리자. "헛되이 사는 게 부끄럽지 않소?"라고 어느 날 피에르 랑불인지 자크인지가 내게 물었다. 스스로 생각해보니 나에게는 그런 부끄러움이 없다. 다른 사람들이 서로 학살하도록 끌어넣는 편이 나은가, 아니면 그들 나름대로 살고 죽도록 내버려두는 편이 나은가? 이 물음에 답해야 할 필요성을 느끼지 않는다.

호텔의 꼽추 청소부가 내게 말했다. 자기처럼 꼽추인 여동생이 있는데, 꼽추인 것을 빼고는 건강한 편이라 일을 겁내지 않는다고. 그녀는 내가 거처로 정한 샤티이옹 문 근처의 주소를 그 여동생에게 잘 가르쳐주었다.

마지막 가방을 들고 호텔 주인에게 작별인사를 했다. 택시를 불러달라고 한 후, 거리를, 그리고 마침 점심시간이라 회사에서 나오는 사람들을 내다보았다. 옛 직장 동료들 중 여럿이 사장이 다른 작은 회사들과 협조하여 운영하는 단체식당에서 점심을 먹는다. 나도 가끔 거기에 갔는데, 감자 샐러드와 청어가 아주 좋았다. 비가 가볍게 내리고 있었다. 나는 택시를 탔다.

파리를 가로지르는 데 꽤 시간이 걸렸다. 얼마나 혼잡한지! 대부분의 사람들이 점심 식사중일 텐데 어쩌면 그리 길이 막히는지. 북역에서 샤티이옹까지는 멀었다. 거리를 지나면 또 거리가 나왔다. 거리들은 모두 똑같았다. 사람들도 모두 똑같았다. 서로 닮은 수만 명의 사람들이 정확히 정해진 목표가 있는 양 앞을 향해 똑바로 달려나갔다. 마치 개들로 가득 찬 거리 같았다. 어디로 가는지 아는 듯한 꼴로 그렇게 달리는 것은 개들뿐이다. 생 미셸 다리에 이르자 비가 그쳤고, 에콜 가에서는 구름이 흩어지고 해가 나왔다. 하지만 어디에나, 어느 곳에나, 모두 서로 닮은 사람, 똑같은 인간들이었다. 한두 사람이 무한히 복제된 것 같았다. 집에 도착하니 한시 십분이었다. 가방을 갖고 들어서며 수위들에게 인사했다. 은퇴한 부부였는데 남자는 키가 크고 뚱뚱하며 안색이 붉었고, 여자는 더 작고 흰머리에 의심 많고 깐깐해 보였다. 그녀는 자신이 정말 수위라고 믿고 있었다. 아파트를 사기 전 수차례 방문하면서 벌써 그녀를 만난 적이 있었다. 그녀는 자기가 수위 외에는 아무것도 아닌 것처럼, 예를 들어 여자가 아닌 것처럼 수위 역할을 해냈다.

그녀가 말했다.

"선생님 댁 가정부가 와 있습니다. 제가 열쇠를 줘서 저 위 선생님 댁에 있습니다."

"예, 내가 올라가 있으라고 했습니다."

가방을 들고 층계를 오르는 건 어렵지 않았다. 가방은 무겁지 않았다.

"제 남편이 선생님을 도와드릴 거예요."

"천만에요, 천만에요."

"정말 제가 가방을 날라드리지 않아도 될까요?"

수위가 내게 물었다.

아파트는 4층에 올라가면 왼쪽에 있었다. 초인종을 울리자 가정부 잔이 문을 열었다. 어두운 입구를 지나 오른편이 거실이었다. 날이 아주 화창해져서 이제는 구름도 없었으며, 지방도시 같은 길 쪽 집들의 지붕 위에는 널따란 푸른 하늘이 있었다. 대문 앞에서 두 노파가 이야기하고 있었다. 좀더 멀리, 오른편 보도 위에서는 은퇴한 듯 보이는 두 남자가 역시 이야기를 나누고 있었다. 샤티이옹 가(街)로 난 창 밖은 군중, 소음, 버스였다. 나는 다시 한번 좁은 시골길의 고요함과 큰 길의 소음 차이에 주목했다.

"아주 애를 먹었어요."

잔이 말했다.

"그렇군요, 마루에 윤을 잘 냈군요. 넘어지지 않도록 조심해야겠네. 그래도 난 이런 마루가 좋아요. 저기 저 찬장도 깨끗하고 번쩍번

쩍하네요. 고마워요, 잔."

그녀는 내 외투를 받아 복도에 있는 옷걸이에 걸었다.

"옷걸이를 옮겨야 되겠어요, 선생님. 너무 부엌 가까이 있어서 외투에 기름 냄새가 배겠어요. 푸줏간에서 고기를 사왔어요. 연한 부위죠. 요리를 할까요?"

"아니, 아닙니다. 내일 하세요. 내일 오실 거죠, 그렇죠? 침대도 정리해야 하고, 집 안도 깨끗이 광을 내야 할 테고. 또 난 침대보는 깨끗한 걸 좋아하고 그릇이 더러운 건 못 봅니다."

"예, 사시던 호텔이 사실 그리 깨끗하지 못했겠지요."

"바로 그 때문에 바꾸고자 한 겁니다. 가방 속에 있는 물건은 신경쓰지 마세요. 그건 내일 봅시다."

허기가 돌았고, 길목에 있는 조그만 식당이 어떤지 알고 싶어 조바심이 났다.

나는 원래의 색깔을 더이상 알아볼 수 없을 정도로 닳아빠진 양탄자를 내려다보며 난간을 붙들고 세 층 계단을 내려왔다. 1층에는 수위 아주머니가 있었는데, 내가 미소를 보내자 이를 내보이며 뜻을 알수 없는 일종의 비웃음으로 답했다. 나는 아직 그녀의 호감을 사지 못했고, 그녀가 나를 받아들이려면 꽤 시간이 걸릴 것이다. 복도로 난유리문을 열고 복도를 지나 열려 있는 대문을 나와 한적한 길에서 왼쪽으로 돌았다가 다시 왼쪽으로 돌아 몇 발자국 걷자 소음 속에 파묻혔다. 버스 정류장에는 버스를 기다리는 사람들이 있었다. 대부분은 점심을 먹으러 집에 가는 길일 것이다. 그리고 또 일터로 돌아가느라 버스를 타야 할 테지. 잠시 그들이 대형 화물 트럭에 가려졌다가 다시 나타났다. 버스가 도착하자 그들은 서둘러 올라탔다. 내 쪽에서 수백 미터 떨어진 곳에는 큰 회사와 사무실 들이 있었다. 나는 이제 타야 할 버스도 없고 재빨리 회사로 돌아가기 위해 서둘러 끼니를 때울 필요도 없으니 사뭇 흐뭇했다. 이제 밥벌이는 끝났다. 조그만 식당 문을 밀었다. 거의 모든 식탁을 노동자와 하위 봉급자가 차지하고 있었다. 그들은 버스를 타고 왕복할 시간을 번 셈이라 다른 사람들보다는 좀 느긋이 식사하고 있었다. 한 사람이 자리를 떴다. 기껏해야 두 명이 앉을 만한 창가 한구석의 1인용 식탁이었다. 난 거기에 자리를 잡았다. 사람들이 먹는 모습을 보기 싫어하는 터라 등을 돌려 앉았다. 창 쪽이 더 좋았다. 여종업원이 방금 떠난 손님이 남긴 접시와 그릇들을 치웠고, 잠시 후 적포도주 자국투성이의 종이 식탁보를 갈고 깨끗한 접시와 포크, 나이프를 놓았다. 나는 감자튀김을 곁들인 청어, 쇠고기 찜, 카망베르 치즈와 보졸레 포도주 반병을 주문했다. "아니, 한 병 다 주시오. 남기면 내일 올 테니 보관하도록 하고. 매일 여기서 식사할 생각이니까요."

밖에는 차량 행렬이 끊이지 않았다. 노란색, 검은색, 붉은색 차들이 지나쳐 갔고 택시는 드물었다. 우울한 표정의 행인들, 젊은 여자들. 그 직장 여성들이 걸친 짧고 화려한 치마의 경쾌함은 필경 직장으로 되돌아가야만 하기에 우울하고 분주한 이들의 표정과 대조적이었다. 아마 다른 걱정거리가 있는지도 모르지. 날씨는 음산한 편이었다. 비는 내리지 않았다.

내가 이 거리의 일상 풍경을 진정한 의미에서 구경한 것은 이번이 처음이라 생각된다. 매우 흥미로울 뿐 아니라 흥분되기까지 했다. 이 세상의 얼굴은 각양각색이고 거리는 사고방식이 동일하거나 거의 비슷한 사람들로 만원이다. 친구, 여자친구, 곧 다가올 휴가를 어디에서 보낼까, 기다리지 않았지만 곧 태어나게 될 아기, 이미 태어나버렸고 맞벌이하느라 탁아소에 맡긴 아기. 아직도 직장을 떠나지 못한 저 늙은이. 바짝 다가와 손을 뻗치고 있는 죽음을 생각하며 쥐꼬리 연금으로 연명하는 은퇴한 저 늙은이. 거 참 묘하기도 하다. 수세기 동안 이러했다. 아, 그리고 학생, 그리고 교사, 아, 교수도 있군. 다른 곳, 다른 거리에는 부자가 산다. 하지만 나 역시 부자라고 흐뭇하게 되뇌어보았다. 가난한 동네에 사는 부자 사나이. 나는 아마도 다른 동네, 예를 들어 파리 16구의 예의 바른 수위와 멋진 계단이 있는 집에서 살수도 있었으리라. 차를 타거나 걸으며 허둥거리고 질주하는 사람들의 움직임을 보고 있으려니 한편으로는 놀라움이, 또 한편으로는 어떤 멜랑콜리 같은 것, 서글픔, 역겨움, 피곤함이 교차했다. 우리는 이렇게 꿈틀거리니 참 이상하기도 하다! 감자튀김을 곁들인 청어가 도착해 일종의 몽상에서 나를 끄집어냈다. 보졸레 포도주가 나오자 나는 한 잔을 채웠다. 잔을 입에 대기 직전 구름이 열리더니, 백색 식탁보, 접시, 청어, 술병에 햇살이 홍수를 이룬다. 단숨에 잔을 들이켜니 마치 태양도 내 속으로 함께 들어가는 듯하다. 한 걸음 물러나 그저 바라보기만 하며 살아도 어떤 즐거움이 있으리라. 나는 아직 젊고, 내 인생에 햇살 드는 나날은 아직도 많이 남아 있으리라. 고개를 돌려 식사중인 사람들을 바라보았다. 그들은 다른 빛 속에서 사는 다른 인간들이다. 다시 접시에 코를 박았다. 아무런 식욕도 없이 습관적으로 식사하러 왔는데, 햇빛 때문인지 갑자기 시장기가 돌았다. 쇠고기 찜과 치즈를 맛있게 먹어치우고 포도주 한 병을 모두 마셨으며 괜히 커피를 마셨다. 나는 커피를 싫어하니까. 그래서 커피를 마신 후에 생크림을 얹은 초콜릿 케이크를 시켰다. 그러고도 한참 동안 앉아 거리의 사람들을 바라보았다. 마치 전에는 그런 사람들을 한 번도 못 본 것처럼. 기분이 좋았다. 기분이 무척 좋았다. 자리에서 일어나는 것이 내키지 않았으나 내가 식당에 남은 마지막 손님이니 별수 없었다. 마지못해 일어서서 나오는 길에 주인에게 인사를 하고 다시 거리로 나섰다. 집에 돌아가 창가의 긴 소파에 앉거나 길게 누워 내내 창밖을 내다볼 수 있다고 생각하니 발걸음이 가벼웠다. 길모퉁이를 돌아 작은 저택, 정원을 지나 집에 들어서니 또다시 긴 여행에서 돌아온 느낌이 들었다. 수위 아주머니가 커튼을 빠끔히 열고 내다보곤 다시 닫는다. 계단을 오르는데 3층에서 한 부인이 강아지를 끌고 나왔다. 개는 나를 보고 짖어댔다. 그녀는 개를 향해 "필루슈, 가만있어"라고 말하더니 내게 말했다.

"죄송합니다. 낯선 사람을 보면 짖지만 곧 익숙해져요."

"괜찮습니다, 부인. 괜찮아요."

한 층을 더 올라가 초인종을 눌렀으나 답이 없다. 잔은 돌아갔나보다. 오른쪽 호주머니에서 열쇠를 꺼내 열고 들어갔다. 거실에서 희미한 불빛이 새어나왔다. 밝은 방으로 들어갔다. 잔은 일을 정말 잘해놓았다. 대형 찬장, 책상, 바닥, 모든 게 깨끗하고 번쩍거렸다. 문득 석간신문을 사오지 않은 것이 생각났다. 다시 현관으로 돌아가 문을 잠그고 세 층을 내려갔다. 수위 아주머니가 커튼 틈으로 내다본다. 길 끝까지 가서 왼쪽으로 돌고 다시 왼쪽으로 도니, 큰길 건너편에 신문과 담배를 파는 가게가 있었다. 자동차들과 두 대의 오토바이가 빨간 신호를 받고 서자 길을 건너 신문을 사고, 다시 반대편에서 오는 차들이 멈추길 기다렸다. 그러고는 큰길을 건너 오른쪽으로 돌고 몇 걸음 지나 다시 오른쪽으로 돌았다. 조금 더 걸어 집으로 들어왔다. 수위 아주머니가 다시 커튼을 열고 내다보았다. 그녀를 향해 고개를 돌렸다. 내가 보는 걸 눈치챈 그녀는 커튼을 닫았다. 2층에 오르자 긴 소파에 누워 한잔 마시고 싶은 욕구가 생겼다. 잔에게 사다놓으란 말을 잊어버렸다. 다시 내려갈까? 잠시 망설인 후 다시 돌아가기로 결정했다. 1층으로 내려간 후 수위 아주머니가 내다보지 않기를 바라며 수위실 쪽을 바라보았다. 수위 아주머니는 다시 커튼을 열었다가 재빨리 닫았다. 커튼이 가볍게 흔들렸다.

복도를 지나 왼쪽으로 돌아 몇 걸음 걸어간 후 다시 왼쪽으로 돌았다. 식당 앞을 지나 길모퉁이에 이르니 가게가 나왔다. 다행히 열려 있었다. 코냑 한 병을 사서 왔던 길을 거슬러 올라갔다. 다시 조그만 식당 앞을 지나 오른쪽으로 돌고 다시 길모퉁이를 돌았다. 술병을 감추곤 가장 엄숙한 표정을 지으며 건물로 들어섰다. 수위 아주머니가 커튼 사이로 한쪽 눈만 내밀었다. 2층에 올라 잠시 숨을 돌리고 3층으로 기어올라 조금 더 긴 숨을 쉬었다. 난간을 붙들고 4층으로 오르기 시작했다. 내가 사는 층에 이르러 왼편에 있는 내 아파트 문으로 다가가 오른쪽 주머니에서 열쇠를 찾았으나 없었다. 잠시 더럭 겁이 났다. 왼쪽 주머니를 뒤지자 열쇠가 있었다. 거기에 넣었던 것이 기억났다.

현관 매트 위에 코냑 병을 놓고 문을 열고 다시 문을 잠갔다. 나는 계단에서 아무도 마주치지 않았다. 아마도 사람들은 일터에 있을 것이다. 거실로 들어갔다. 긴 소파 곁에 술병과 신문을 놓아두고 외투와 모자를 벗으러 현관으로 돌아갔다. 다시 거실로 와 찬장에서 잔을 꺼내고 찬장의 여닫이문을 닫고 탁자를 돌아서 긴 소파로 향했다. 창가의 긴 소파에 누웠다. 다시 일어나 신발을 벗고 푸른색 긴 소파에 누웠다. 찬장에서 꺼내온 술잔에 코냑을 따르려고 반쯤 몸을 일으켰고, 병마개를 막은 다음 술잔을 두 번에 비우고 신문을 들고 다시 누웠다. 소파의 팔걸이가 높아서 내 녹색 양말을 바라볼 수 있었다. 1면에는 항공 참사 기사가 실려 있었다. 태평양 어느 곳에서 백스물다섯 명의 승객과 일곱 명의 승무원을 태운 비행기가 사라졌다. 나는 스튜어디스 두 명의 사진을 응시했다. 사진은 좋지 않았다. 사진을 보고는 그녀들이 아름다웠는지 알 수 없었다. 아름다웠을 것이다. 왜냐하면 설명이 있었다. 한 명은 키가 1미터 67센티미터였고 다른 한 명은 1미터 72센티미터였다. 둘 다 금발이었다. 항공 대참사였다. 오래 전부터 이만한 사고는 없었다. 나는 1미터 67센티미터였던 스튜어디스를 상상해보았다. 1미터 72센티미터는 여자 키로는 아마 너무 클 것이다. 그녀는 뤼시엔을 닮았을지도 모른다. 다리가 아름답고 감청색의 유니폼과 모자가 무척이나 잘 어울렸겠지. 눈이 파랬을까 까맸을까? 파랬을 거야. 왜냐하면 영국인, 아니, 미국인이었을 테니까. 나는 비행기를 탄 적이 두 번밖에 없었다. 한 번은 마르세유에 갈 때였는데, 비행기가 편안하지 않아 돌아올 때는 열차편을 이용했다. 다른 한 번은 죽어가는 친척 할머니를 보러 니스에 갈 때였다. 그때는 더 편하고 만족스러웠다. 여행은 아름다웠다. 우리는 구름 위의 푸른 하늘을 날았다. 그때도 귀가 길에는 비행기를 타지 않았다. 세 명의 친구와 함께 차편으로 돌아왔다. 오십대 부부와 의학 공부를 끝마쳐가는 스물다섯 살의 그 아들과 동행했다. 훨씬 더 긴 여행을 해야 했고, 아니, 심지어 할 수도 있었을 텐데. 이제 부자이니 긴 여행을 해야겠다. 일본, 남미를 여행해야지. 당분간, 몇 달이나 일 년쯤 쉰 후에. 어쩌면 다른 인생, 모험과 쾌락의 인생을 시작할 수도 있을 것이다. 그러나 당분간은 그러지 않을 것이다. 긴 절차를 밟아 여행사에 전화를 걸고, 여행사에 들렀다가 여권을 내기 위한 서류를 만들고, 여행용으로 디자인된 옷, 아름다운 옷들을 살 엄두가 아직 나지 않았다. 그건 나중의 일이었다. 긴 소파에서 푸른 하늘을 보니 하늘은 내게 날고 싶은 욕망을 주었다. 그렇다고 그 긴 소파가 불편하다고는 할 수 없었다. 다시 신문을 들었다. 여전히 도처에서 유괴와 전쟁이 일어났다. 내가 이기주의자라는 생각이 들었다. 전쟁을 하지 않는다는 것이 너무 행복하게 느껴졌다. 아이가 없어서 근심걱정하지 않아도 되니 얼마나 행운인가. 그러나 우선은 회사에 가지 않아서 행복했다. 누구도 내게 그것을 강요하지 못한다. 나는 코냑을 두 잔째 마셨고, 하늘을 쳐다보았으며, 일어나서 큰길에서 사람들이 움직이는 걸 보았고, 다른 창으로 다가가 작은 집들이 있는 평화로운 길을 보았다. 셋째 잔을 비우고 뚜껑을 닫아서 찬장에 넣었다. 나는 탁자 주위를 걸어서 여러 번 돌았다. 빛, 코냑, 자유, 이 모든 것에 나는 경쾌해졌다. 외출하면 어떨까? 회사로 가서 옛 직장 동료들을 기다릴까? 아니, 이대로가 좋다. 시간이 있다. 다시 소파에 드러누웠다. 그렇게 얼마 동안 있었다. 눈을 뜨기도 했고, 눈을 감기도 했다. 꿈이 없는 몽상이었다. 나는 잠이 들었다.

그리고 일어났다. 나는 거실을 나와 구부러진 긴 복도를 지나 침실을 살펴봤다. 침실에는 꽃무늬, 흰 바탕에 장미 무늬 벽지가 잘 발려 있었다. 나는 꽃을 무척 좋아한다. 아니면 도배사가 좋아한 건가. 그러나 나도 침대, 안락의자, 벽을 꽃무늬로 하는 데 찬성했다. 아침에 깨어나 주위에서 온통 꽃을 보는 것이 즐겁다. 시골을 떠올리는 것은 아니나, 아마추어 원예가였던 부모님 친구가 여러 종류의 꽃을 가득 심었던 어린 시절의 어떤 정원이 기억난다. 내일 아침잠에서 깨어날 때 봐야지. 다시 어둡고 긴 복도로 나왔다. 침실에서 나오면 오른쪽에 욕실이 있다. 욕실에 들어가 잠시 머물렀다. 나의 욕실이다. 호텔에서처럼 매일 아침 같은 층 사람들과 함께 화장실로 달려가 줄을 설 필요가 없다는 생각이 들었다. 어두운 복도도 마음에 들었다. 신비감 속에서 거닐 수 있었다. 끝까지 가서 되돌아오고, 끝까지 가서 되돌아오고. 아름다운 여인들이 비밀리에 영주의 침실로 가기 위해 지나던 지하통로나 비밀 복도 같은 느낌이 든다. 다시 거실로 와서 큰길 쪽과 작은 길 쪽을 내다보았다. 나는 망설였다. 서두르면 아직 퇴근 시간 전에 옛 직장 동료들을 만나러 갈 수 있었다. 잠시 숙고해본 결과 새 동네에 왔으니 집 주위에 보아두어야 할 것들이 있겠다는 생각이 들었다. 나는 작은 시골길과 큰길 외에는 가본 곳이 없었다. 아직 집 근처를 둘러보지 않았다. 초가을이어서 아직 날이 훤했다. "아니, 회사에 가지 않겠어."

거실로 돌아왔다. 하늘의 푸른빛은 좀 전과 같지 않았다. 해가 조금 전의 눈부신 빛을 발하지 않았다. 해가 하늘을 더이상 빛나게 하지 않을 때 비로소 하늘이 지붕임을 나는 다시금 깨달았다. 지구는 다른 구체(球體) 내에 있는 한 구체인데, 이 다른 구체는 필시 또다른 구체 안에 있고, 그것은 또다른 구체 안에 있고, 그것은 또…… 다른 구체의 한계성 속에 있는 또다른 구체의 한계성 속에 있는 또다른 구체의 한계성 속에 있는 또다른 구체의 한계성을 상상하려고, 또 이 모든 한계성들이 서로 무한히 연결되어 있음을 상상하려고 애쓰니 구역질이 나고 머리가 아팠다. 현기증이 났다. 우주를 상상하고 존재들이 어떤 모습인지 알 권리가 없다는 것은 용납할 수 없다. 사물의 형태가 우리가 그것에 대해 갖는 이미지에 지나지 않음을 용납할 수 없다. 우리가 아는 것은 차치하고라도 말이다. 이 문제는 열두 살 때부터 나를 주기적으로 사로잡았고, 똑같이 끔찍한 무력감과 구토를 일으켰다. 거리에서 돌아다니고 버스를 쫓아 뛰는 모든 사람들이 어떻게 행동하는가? 만일 모든 사람이 이런 생각을 하거나, 아니, 상상할 수 없는 것을 상상하는 데 착수한다면 그들은 더이상 움직이지 않을 것이다. 나는 이미 다음과 같이 생각한 적이 있다. 상상할 수 없으니 상상하지 말자. 사람들은 상상할 수 없는 것을 경시하거나 망각하고, 그 상상할 수 없는 것 위에 그들의 사유를 세우는데, 그것 또한 나는 상상할 수 없었다. 그러나 그들은 산술, 기하학과 대수학 등을 발명했다…… 허나 대수학도 우리를 심연으로 이끈다…… 그러나 그들은 기계를 만들고 회사를 만들었으며, 절대적 의문, 해답 없는 의문 따위는 개의치 않는다.

생각해서는 안 되는 것을 생각하려 드는 것은 아마도 어리석은 자만일 것이다. 그러나 자만은 없다. 자만이란 무엇인가? 사실은 내가 출발하지 못하는 것이다. 나는 내가 세상의 벽 안에 살고 있고 벽 너머는 잊고 있다고 믿는다. 이 벽에서 출발하여 떠날 결심을 하지 못한다. 이는 어쩌면 병이다. 나는 이 벽 뒤에 홀로 머물렀다. 바보처럼 홀로. 그들은 제 갈 길을 나아가서 출세하고, 심지어 회사까지 잘 창설했다. 사실 기상천외한 창의력들이 있다. 그러나 나는 단지 벽을 쳐다보며 세상을 등지고 있다. 그래, 나는 벌써부터 생각할 수 없는 것은 생각하지 말자고 제안했다. 그들이 세상, 우주, 삼라만상이 아주 당연하고 정상적이며 우리에게 그저 주어졌다고 믿는 것은 신기하다. 그들은 현자이며 나는 낙제생, 무식쟁이이다. 우리는 감옥에 갇혀 있다. 물론 우리는 감옥에 갇혀 있다. 나는 모든 것을 알고 싶어하기 때문에 아무것도 모르는 것이다. 그들이 혹시 해답을 줄 수 있을까? 몇십 세대 혹은 몇백 세대 후에 그들은 구상할 수 없는 것을 구상하고, 상상할 수 없는 것을 상상할 수 있을 것이다. 그들이 일하고, 버스를 타고, 책을 만들고, 계산하고, 별을 정복하러 떠나는 것을 멈추지 않는다면, 무한히 작은 것이 존재함을 현미경으로 발견한다면, 그것은 그들이 그것에 도달할 수 있음을 자연스럽고 무의식적으로 알기 때문일 것이다. 그러나 나는 그들이 무(無)에 의지한다는 느낌이 들고, 이것 또한 말에 지나지 않는다. 우리는 아무 말도 할 수 없는 사물들에게, 아무 말도 할 수 없는 사소한 것들에게 아무 의미도 없는 이름을 붙인다.

무한히 작은 것…… 무한히 큰 것이 나의 머리를 떠나지 않는데, 무한히 작은 것에 대한 생각에 사로잡힌다면……

　이런 어리석은 의문들이 내가 전진하는 것과 내가 인생살이를 즐기는 것을 방해했다. 아 참! 이것은 진실이 아니다. 적어도 나를 즐겁게 하는 것들도 있었다. 그러나 나는 더이상 그 불안감을 견딜 수 없었다. 더이상 내가 한계성과 무한의 구역질이라고 부르는 그런 것을 참을 수 없었다. 이것은 모든 이들이 열셋, 열다섯 혹은 열여덟 살에 거치는 과정이다. 그러고 나서 그들은 이것을 극복하지 않았다. 이것은 극복할 수 없는 것이기 때문이다. 그러나 그들은 더이상 이것을 고려하지 않았다. 상관하지 않거나 잊은 것이다. 생전 이런 의문을 가져보지 않은 사람들도 있다. 예를 들어 정치인들 말이다. 그들은 어디에서나 잘 지내며 한계성에 충분히 만족한다. 내가 그들보다 낫다는 말이 아니다. 그들이 나보다 낫다는 말도 아니다. 이것은 아무것도 의미하지 않는다. 그렇다. 이것은 내게 아무 뜻이 없다. 절대적 가치란 존재하지 않는다. 구체 안에 있는 하나의 구체 안에 있는 하나의 구체 속에 포함되어 있는 이 구체 속에 있는 구체 안에서는 말이다. 다시 끔찍한 현기증이 났다. 찬장으로 가서 여닫이문을 열고 코냑 병을 집었다. 한 잔 한 잔씩 다섯 잔을 마셨다. 아! 얼마나 좋은지. 모든 의문들이 차츰 사라져가고 따스하고 행복한 느낌이 든다. 아니, 행복하다기보다는 이 모든 의문들에서 해방되었다고 느꼈다. 나는 더이상 이 구체만의 포로가 아니라, 우리를 감싸는 알코올의 따스한 덮개 안의 포로였다. 구역질이 사라졌다. 나는 더이상 생각할 수 없는 것을 생각하지 않았다. 혹은 그것이 내게서 멀어졌다. 벽만 쳐다본다는 것은 어찌면 저주이다. 당분간 이 저주는 사라졌다. 얼마나 다른 모든 사람들과 똑같이 머무르고 싶은지! 긴 소파에 눕고 싶었으나 그러면 다음날까지 자버릴 걸 알았다. 아니, 나가야만 했다. 식당으로.

나는 반대편으로 돌았고, 내가 사는 동네의 다른 두 길을 볼 수 있었다. 작은 산장 같은 집 두세 채가 있는 시골길을 지나 오른쪽으로 돌았다. 그러자 너무 깨끗한 집들과 이웃해 있는 지저분한 집들, 5층짜리 서민 아파트 건물들 탓에 황량한 길이 나왔다. 젊은이들에게 공포와 재미를 주었던 최근 개봉작 미국 영화를 흉내 내려고 헬멧을 쓰고 오토바이를 탄 사람들이 무리를 지어 출발하려는 참이었다. 그들은 한 손으로 오토바이를 잡은 채 대여섯 명씩 고장 난 듯한 오토바이 주위에 모여서 소음을 내며 즐기고 있었다. 오토바이 두세 대 소리가 더 들렸고, 나는 이 끔찍한 기계, 공격적인 의도와 이를 잘 드러내는 무시무시한 소음에서 되도록 빨리 벗어나려고 서둘렀다. 거동으로 보아 한동안 술집을 전전한 후 집으로 돌아가려는 듯한 작업복 차림의 노동자 서너 명이 보였다. 내가 부르주아처럼 느껴졌다. 마치 잘못을 저지른 것처럼 부르주아라고 느끼는 것이 불행했다. 무슨 잘못인가? 내가 아는 사실, 즉 잘못이 없다는 사실을 혼자 되뇌어도 아무 소용없었고 어떤 생각으로도 이 불합리한 느낌을 지울 수 없었다. 야당의 신문과 사람들의 힘이 얼마나 센지! 우리가 거부하는 상투적 생각들은 얼마나 강렬하게 은연중 침투하여 우리를 사로잡고 마는지! 어디에도 잘못은 없다. 어느 누구에게도 죄가 없다. 혹은 모든 사람들은 모든 것에 대해 유죄이다. 이는 결국 마찬가지이다. 그러나 죄가 없다고 생각하면서도 죄의식을 느끼는 사람들은 얼마나 약한가! 이성과 부조리 사이의 웬 단절인가! 잘못이었다고 느끼고 동시에 그렇게 믿는 자들은 자수하고 사퇴하면 그만이다. 아무것도 그들이 자살하는 걸 말리지 않는다. 그러나 복잡한 나는……

   길모퉁이에서 오른편으로 돌자 좀더 넓은, 그러니까 거의 큰길만큼이나 넓고 한적한 시골길과 그 길에 평행인 길이 나왔다. 그 길도 그다지 경쾌하지는 않았다. 주택은 별로 없고, 대형 공장과 창고들이 많았다. 왼쪽 보도에는 공장 건물들도 있었다. 공장 노동자들이 거기서 나오고 있었다. 술집 하나 없었고, 식당이 있는 중앙 대로로 지나다니는 버스들의 차고가 있을 뿐이었다. 분홍 옷을 입은 소녀는 이 전체 분위기와 대조적이었다. 잎이 무성한 나무들이 있었으나 온통 먼지투성이였다. 공장 노동자들의 출퇴근 시간에는 꽤 붐비는 도로였으며, 특히 대형 화물차와 자전거를 탄 많은 노동자들이 지나다니는 길이었다. 날이 좀더 어두워갔다. 백 미터쯤을 더 가서야 길모퉁이에 다다랐고, 거기서 오른쪽으로 돌았다. 그러자 내 창에서 보이는, 벌써 내게는 친밀한 대로가 나타났다. 마치 여러 달이나 여러 해 동안 지나다닌 느낌이다. 물론 아파트를 사러 이 길에 왔었으나 정말로 바라보고 알기 시작한 것은 겨우 오늘 아침부터였다. 많은 행인들 사이를 지나 식당을 향해 걸어갔다. 길 건너편 버스 정류장에는 여전히 같은 부류의 사람들이 있었다. 식당 문을 열고 불안해하며 내 식탁이 여전히 비어 있는지 바라보았다. 식탁은 비어 있었고, 나는 흡족했다. 내 식탁이 되려는 것이다. 이미 사람들이 많았고 불이 켜져 있었다. 내 구석으로 교묘히 파고들어 옷걸이에 모자를 걸고 자리에 앉았다. 밖에 가로등도 켜지고 있었다. 종업원 아가씨가 다가왔고, 나를 알아보았다.

"점심때도 오셨죠?"

"그래요, 매일 올 거요. 항상 같은 식탁을 잡아주겠어요?"

그녀는 큰 식당에서나 식탁을 예약하지 이처럼 작은 식당에서는 그렇게 하지 않는다고 했다. 하지만 내가 일찍 오기만 한다면 그렇게 해보겠다고 했다. 나는 규칙적인 습관이 있어서 점심에는 열두시 삼십분, 저녁에는 일곱시에 올 수 있다고 말했다.

"선생님은 나름의 습관을 가지는 것을 좋아하시나보죠"라고 그녀가 답했다. 그러나 내가 이상하게 보일 것이다. 그녀가 차림표를 내보였다. 점심에 감자튀김을 곁들인 청어를 이미 먹었기 때문에 나는 바꿔보려고 정어리를 주문했다. 그다음 음식으로는 파스타와 스테이크, 후식으로 럼 향의 건포도 케이크를 시켰다. 물론 보졸레 포도주 한 병도 빼놓지 않았다.

"맛있는 음식을 좋아하시는군요, 그렇죠?"라고 종업원 아가씨가 물었다. "그래요, 난 잘 먹는 것을 좋아해요. 이 집 음식은 훌륭하네요. 보졸레 포도주도 좋고."

"주인이 포도주 생산업자를 아는데, 그 사람이 포도주를 직송해주죠. 그리고 우리 식당은 모든 게 신선하고 청결하답니다. 손님들을 보세요. 만족한 표정이고, 맛있게 들고 계시지요? 이 동네에서는 가장 나은 식당이에요. 술집도 있지만 아무도 그 집엔 안 가요. 또다른 식당이 있는데, 글쎄 멋을 내려고 산장이라고 부른다니까요."

그녀는 식당 주인의 처제라고 했다. 그녀의 사촌오빠도 함께 식당에서 일하는데 카운터를 보고, 큰 장을 보고 식재료를 배달시키는 것은 주인이 직접 한다고 했다.

"가족끼리 일하는 것이 나아요. 사이가 좋거든요. 자, 이제 가야 돼요. 일을 해야 하니까. 주문한 것을 곧 가져다드리죠."

나는 창 쪽으로 고개를 돌렸다. 사람들이 지나가는 것을 구경하는 것이 재미있었다. 대낮이 더 나았다. 어두워지면 불안해졌다. 그러나 여러 부류의 행인을 구경하면서 위로를 받고 용기를 얻는다. 어렸을 적에는 밤을 무서워했다. 그러면 어머니는 나를 데리고 밖으로 나가 장을 보러 갔다. 어머니는 나의 손을 잡았다. 이 길과 비슷하지만 조금 더 좁고 사람이 많은 길이었다. 물론 어머니는 동네 사람들을 꽤 많이 알고 있어서, 이웃 부인네들과 잠깐 이야기를 나누느라 걸음을 멈추곤 했다. 상인들과 몇 마디 나누기도 했다. 거리가 어두워 반쯤 암흑인데도 나에게 안도감을 주던 웅성대는 군중이 기억난다. 대부분의 존재들, 이 환영들은 이제 존재하지 않는다. 나는 유령의 길을 회상하는 것이다. 갑자기 오늘의 행인들 역시 유령처럼 보였다. 가슴이 답답하고 불안감이 엄습했다. 두려워졌다. 아무것도 아닌 것들이, 모든 것이. 다행히 정어리와 포도주가 나왔다. 종업원이 "여기요"라고 말했다. 그녀는 직접 보졸레를 한 잔 따라주고 가버렸다. 한 잔을 비우고 또 따랐다. 나아졌다. 일종의 쾌활함이랄까. 자주 이렇게 유쾌해지고 갑자기 행복해지지만, 이런 느낌은 그리 강하지 않아서 곧 사라진다. 내게는 슬픔이나 두려움에서 벗어나는 방법이 하나 있지만, 항상 성공하는 것은 아니다. 그 방법이란 내 주위의 사물이나 사람들을 될 수 있는 한 최대로 집중해서 바라보는 것이다. 그들을 응시하는 것. 아주, 아주 주의깊게 바라보면 갑자기 이 세상 모든 것을 마치 처음으로 보는 것 같았다. 그러면 그것은 이해할 수 없고 이상해졌다.

내가 보았던 모든 길과 도시, 거리, 그리고 모든 사람과 모든 사물을 잊기 위해 정신을 집중하려고 애썼다. 나는 이 세상에 던져졌고, 그런 사실을 마치 난생처음 안 사람처럼 새삼스레 깨달았다. 가끔 느끼곤 하던 세상의 이러한 생소함을 다시 느끼고 싶었다. 그것은 나 그리고 우리가 습관에 따라 으레 해왔던 배우나 엑스트라 역할에서 벗어나, 세상에 에워싸여 있으나 세상 속에 있지 않은 사람, 마치 연극을 구경하는 사람처럼 거리를 두고 떨어져 더이상 참여하지 않는 것과도 같았다. 때로는 이로 인해 불안하기도 했지만, 대개의 경우 오히려 불안감이 사라졌다. 그리고 무의식적이며 항구적인 판단을 더이상 내릴 필요가 없었다. 왜냐하면 이 보편적 기계와 이 사람들, 이 거리들과 이 움직임들은 매번 추하지 않으면 아름답고, 좋지 않으면 나쁘고, 유리하지 않으면 불리하고, 위험하지 않으면 안도감을 주기 때문이다. 나는 일종의 도덕적 중립을 얻기에 이르렀다. 혹은 미학적 중립을. '그들은' 더이상 나와 비슷한 사람들이 아니었고, 나는 식당 안에서 그들이 내뱉는 말을 이해하지 않으려고 노력했다. 그렇게 하면 이 모든 것이 그저 소음이거나 어떤 외국어에 속한 소리에 지나지 않았다. 이 모든 것이 덧없는 환영일 뿐이며 일종의 무(無)의 환상이 되었다. 다른 사람들은 거리에, 일종의 거리, 일종의 공간에 처음이자 마지막으로 지나가고 있었다. 실제로 존재하는 것은 나뿐이었다. 나머지는 구분할 수 없는 '이 모든 것들'이었다. 다시 나는 개념화되지 않는 것의 벽에 부딪혔다. 사람들은 어디에 있는가? 나는 어디에 있는가? 그래, 접시, 나이프와 포크, 버스, 행인 들은 사물, 어디에 써야할지 알 수 없는 쓸모없는 것들이다! 나만이 유일하게 존재한다. 다른 이들이 지나가고 사라짐에 따라 나는 현실일 수 없는 이 소용돌이 속에서 나의 유일함을 느낀다. 현실이란 내가 채우는 일종의 빈 공간이 되었다. 그것은 행복한 자아의 확장이었고, '이 모든 것들'이 거의 존재하지 않는 듯이 느껴질수록 나의 존재에 대한 확신이 더욱 굳어졌다. 그러나 나는 이 행복감에 제동을 걸어야 했다. 파괴하는 것이 아니라 정말로 제동을 거는 것이다. 그러지 않으면 실존적이라 부를 수 있는 모든 공간을 내가 차지하게 되고, 다시금 개념화될 수 없는 것의 보이지 않는 벽에 부딪힐 것이다. 내가 말하고 싶은 것을 정확히 말하는 데 성공했는지 모르겠다. 이 상태에 대한 적절한 표현이 없다. 어쩌면 다른 말을 하고 싶거나 다른 것에 대해 말하고 싶기도 하다. 일종의 이성 같은 것이 나만이 유일한 존재일 수는 없다고 내게 속삭인다. 내가 억누르고 있었던 그 이성은 타인도 나와 마찬가지로 '자아'라고 연신 내 귀에 중얼거린다. 내가 나 자신의 창조자이자 신이며 환영들의 주인인 듯 우주적으로 홀로임을 느낄 때, 바로 그 순간에 나는 위험에서 벗어났다고 느낀다. 대체로 사람들은 고독 속에서도 홀로가 아니다. 자신과 함께 나머지들을 수반하는 것이다. 이 격리는 홀로 떨어져 있으나 우주적인 절대고독이 아니며 다른 고독, 작은 고독, 사회적인 고독에 불과하다. 절대적 고독에는 다른 아무것도 없다. 당신을 괴롭히고 귀찮게 하는 것은 타인의 추억과 이미지와 존재이다. 지루하고 참을 수 없는 고독이 있는데, 이 고독에서 사람은 타인을 따르고, 타인에게 호소하고, 그들을 필요로 하고, 그들을 회피하기도 한다. 그들의 존재를 믿기 때문이다. 사람은 타인을 두려워하기 때문에 타인의 무기를 빼앗겠다는 기세로 타인에게 달려든다. 그러나 나는 신(神)이 아니고, 이 모든 덧없는 환영과 외관을 발명한 것은 내가 아니다. '사람들이' 그것들을 나에게 제공하고 제시했다. 이 '사람들', 바로 이들이 발명자인 것이다. 나는 당하고 있었으며, 당하지 않기 위해, 또 이 일에 관계하지 않고 단지 관전하기 위해 거리를 두려고 애썼으나 이들을 염두에 두지 않을 수 없었다.

그렇지만 나는 아직 그들 속에 편입되지 않았고, 우주와 존재에 완전히 사로잡히지 않았으며, 아직 조금은 외부에 머물러 있다. 목소리들은 여전히 분간할 수 없는 웅얼거림이었으며 사람들은 환영이었다. 그러곤 추락이었다. 갑자기 규범성이 정상으로 되돌아왔고 내가 그 안에 있다. 사물들은 정체성을 되찾았다. 나는 다른 곳, 즉 더이상 이름이 없는 곳으로 돌아가려고 애썼다. 나는 식탁보의 적포도주 얼룩을 가능한 한 주의깊게, 뚫어져라 노려보았다. 나는 이런 실험에 성공한 적이 있다. 어떤 것을 그것이 무엇이었는지 더이상 알 수 없게 될 때까지 노려보는 것이다. 그것은 더이상 포도주 얼룩이 아닌 '뭔지 모를 그 무엇'이 되어야만 하고, 그 아래의 식탁보도 더이상 식탁보도 흰 공간도 얼룩의 장소도 아닌 것이 되어야 한다. 그래서 나는 대단치는 않지만 약간이나마 여기에서 벗어나 다른 곳 속에 있는 정의 불가능한 어떤 것에 빠져들 수 있었다. 그러면 나는 다른 곳에 붙잡혀버린다. 나는 정신을 집중할 수 없었다. 아마도 내 곁을 지나며 "스테이크 다 드신 거예요?"라는 말을 던진 여종업원 때문일지도 모른다. 그러나 다른 곳 안에 잘 자리잡았을 때에 나는 이 다른 곳 속에 평범하거나 그렇지 않은 말들, 제스처를 닮았으나 더이상 제스처가 아닌 무언 가가 된 모든 것을 데리고 간다. 말(馬)이나 탁자라는 단어를 아주 빨리, 충분히 반복하기만 해도 개념에서 내용이 비워지고 모든 의미가 사라졌다. 그러나 오늘 저녁에는 그것이 더이상 통하지 않는다.

"아니요. 먹을 거예요. 후식까지 가져와도 돼요. 그리고 커피는 그다음에요. 아니, 후식과 커피를 함께 주세요"라고 여종업원에게 답했다. 알아들을 수 없는 웅성거림 속으로 사라졌던 목소리가 다시 귀에 거슬리고 거칠어졌다.

아, 그랬다. 모든 것이 제자리에 있었다. 천장에 걸린 전등들도 움직이지 않았고 지진도 없었다. 열다섯이나 열일곱 살 시절에 이런 실험을 하면 아주 초기 단계에서 다른 곳으로 재빨리 갔다. 거기에는 종종 환한 후광 같은 게 있었다. 그리고 그 다른 곳에서 돌아온 후에도 여러 날 동안 빛의 세계에 대한 추억이 남았다. 내게는 다른 곳이 존재했고, 여전히 존재하며, 그곳에 다시 갈 수 있으리라는 확신이 있었다. 여러 날, 아니, 아마 여러 주 동안 그곳에 대한 유쾌한 추억이 남았다. 이제 훨씬 더 어렵고 드물게 이런 상태에 도달하니, 이것이 사라지면 나는 불안과 낙담, 일종의 비탄에 빠질 것이다. 내가 느꼈던 것을 느꼈는지조차 확신하지 못한다. 그것이 진실이었는지 더이상 자신할 수 없다. 모든 것이 정체성을 되찾아서 모든 것이 그것들의 이름으로 불릴 수 있었다. 식사를 마치고 커피를 마셨는데 이제 무엇을 해야 하나? 지혜의 가르침에 따르자면 삶이 우리에게 제공할 수 있는 작은 것들을 향유해야만 한다. 나는 오랫동안 이 원칙을 지키며 살았다. 그리고 삶이 제공하는 작은 것들이나 그보다 큰 것들에 지나치게 압도되지 않는 법도 배웠다. 하지만 일상성을 견디어야 하는 삶이란 쉽지 않다. 그래도 일하는 것보다는 여유로움이 더 나을 것이다. 노력과 권태 중에서 내가 항상 선택하고 선호한 것은 어떤 종류의 권태였다. 오늘 저녁 식당을 떠나기가 무척 어렵다. 브랜디 한 잔을 주문했다. 내 식탁을 제외하면 수백만 명의 다른 사람들처럼 사랑에 빠진 것처럼 보이는 두 젊은이의 식탁만 남았다.

자리를 마지못해 떠나야 했다. 이미 계산을 치렀다. 옷걸이에 걸린 모자를 집어들었다. 친구처럼 대해주긴 했지만 내가 자리에서 일어나자 혹을 뗀 표정을 짓는 여종업원에게 작별인사를 했다. 그녀는 영화를 보러 가거나 남자친구와 함께 텔레비전을 보고 싶을 테지. 그렇군, 나도 텔레비전을 대여해야겠어. 그러면 저녁 시간이 덜 지루하고 잠도 잘 올 거야.

"선생님, 저는 녹초가 되어 집에 가면 곧장 침대로 가요." 이렇게 말하면서도 그녀는 여전히 생생해 보였다. 침대에서 자기만 하지는 않을 거야. 그녀는 자기 이름이 이본이라고 가르쳐주었으나 나와 이야기를 나눌 시간은 없다고 했다. 괜찮다. 내일도 모레도 시간은 있으니까. 나는 식당에서 나와 오른쪽으로 돌았다. 환하게 밝혀진 큰길에는 여전히 사람이 많았다. 그래도 아까보다는 줄었다. 모퉁이를 오른쪽으로 돌아 행인이 거의 없는 작은 길로 들어섰다. 모두 자는 것은 아니어서 아직 불이 켜진 창들이 꽤 있었다. 내가 사는 건물의 대문 앞에 도착해서 복도로 들어가 수위실 문 앞을 지났다. 막 계단을 오르려는데 수위실 문이 열리고 수위 아주머니가 잠깐 얼굴을 내비쳤다. 나는 저녁인사를 건넸다. 그녀는 대답도 하지 않고 재빨리 도로 들어

가버렸다.

　나는 모자를 다시 쓰면서 그녀가 얼굴에 친절한 미소를 짓게 하려면 아무래도 선물도 건네고 팁도 찔러줘야만 하겠다고 생각했다. 내게 불신을 드러내는 얼굴들, 게다가 아무 말도 하지 않고 그러는 얼굴들을 보면 정말 기분 나쁘다. 회사 생활을 하다보면 사장이란 작자가 도무지 만족하지 않고 우리 중 하나만 유독 좋아하거나, 여자들이 나를 떠나 다른 남자에게 가는 탓에 우리는 서로 사랑하며 살지 못하고 하찮은 질투나 노여움 속에서 살았다. 하나 결국 그것도 삶이었다. 어떤 종류의 삶? 뜻밖의 사소한 일들과 작은 말썽들, 타협이 있는 삶이었다. 3층 계단을 오르자 오른편 아파트 문 안쪽에서 개가 짖었다. 4층 계단을 올라 내 아파트에 도착해 문을 열고 들어갔다. 불을 켜는 단추를 누르고 옷걸이에 모자를 걸었다. 거실의 불도 켜고 커튼을 쳤다. 긴 소파에 누웠다가 일어나 안락의자에 파묻히듯 앉았다. "내 집에 있으니 참 좋구나." 과연 좋은 걸까? 역시 좋다. 어떤 일이 일어날지 모르는 나라들도 있기는 하다. 예를 들어 경찰이 아무 때나 집에 들이닥칠 수 있는 나라들. 나는 도둑 걱정도 없었다. 부자 동네나 호화 아파트에 살지 않으니까. 그러나 소일거리를 찾아야 했다. 동네를 더 잘 파악할 것. 집 안을 더 잘 파악할 것. 사람들을 사귀어야 할까? 별로 확신이 들지 않았다. 사람들은 우리의 습관을 어지럽힌다. 그리고 무슨 이야기를 하나? 나는 남들에게 이야기할 만한 흥밋거리가 없었다. 그리고 나 또한 남들이 하는 이야기에 도통 관심이 없었다. 남들 앞에서는 항상 거북했다. 그들과 나 사이에는 보이지 않는 벽이 있었다. 항상 그런 것은 아니다. 대여섯 개의 얼굴이면 충분했다. 나의 새 생활도 며칠 있으면 자리가 잡힐 것이다. 코냑을 다시 마실까 하는 생각이 들었다. 그러나 술 마신 다음날 아침에 있을지 모르는 구역질과 숙취가 떠올랐다. 새 생활이 어떻게 자리잡힐지 두고 볼 일이다. 대수롭지 않지만 나름대로 흥미롭다. 인생은 놀라워서 예기치 못한 일들이 무더기로 일어날 수 있다. 대단하지는 않고 사소한 일들이. 나는 큰 모험을 좋아하지 않는다. 큰 모험은 불쾌하여 고단하고 결국은 권태만 가져올 뿐이다.

동네와 아파트를 더 속속들이 알게 되고 나면 그제야 작은 변화와 빛의 탈바꿈을 알아챌 수 있을 것이다. 나는 아직 내 가구들과 가구에 그려진 꽃의 양, 그 색감을 제대로 알지 못했다. 일어나서 스무 권쯤 되는 책을 놓아둔 곳으로 갔다. 이미 읽은 책들이었다. 오래 전에 읽고 다시 펼쳐보지 않은 책들도 있었다. 그러나 첫 페이지를 읽으면 대개의 경우 나머지가 기억난다. 그래도 가끔 같은 책을 읽는 것이 좋았다. 기억에 각인되지 않은 것들이 얼마나 많은지 깨닫게 된다. 어떤 사건이나 장면들 말이다. 하지만 결국 아무 책도 고르지 않았다. 거실의 불을 끄고, 미리 불을 켜둔 복도로 나와 침실로 가서 문을 열고 불을 켠 다음, 복도 불을 끄고 옷을 벗기 시작했다.

"내 생애에 처음으로 이 방, 이 큰 침대에서 잔다." 이 첫 접촉을 잊지 않기로 다짐했다. 새 시대가 막 시작되려 하지 않는가? 더이상 자명종이 필요 없다는 생각을 했다. 회사에서는 나를 부러워할 것이다. 불을 껐다. 나는 잠 속으로 도망치는 것을 좋아했다. 나는 자주 이 문장에 대해 생각했는데, 이제 그 뜻이 무엇인지 모르겠다. 무엇으로부터 도망치는 것인가? 꿈을 꾸는 쪽은 항상 나이다. 나는 매일 나의 일상생활에서 일어나는 것만을 꿈꾼다. 칙칙한 것들, 욕망도 혐오도 표출되지 않는 맹물 같은 꿈. 사람에겐 매우 은밀한 욕망이 있는 것 같다. 사람들의 도움을 받아 그 욕망이 무엇인지 백일하에 드러나게 할 수도 있다. 나는 그것이 무엇인지 꽤나 궁금하다. 나는 파란 꿈은 두세 번밖에 꾸지 않은 것 같다. 파란 꿈이란 밝은 햇살 속에서 도망치듯 꺼져가는 바람과 그림자만 느낄 수 있는 새벽녘에 꾸는, 아무리 기억하려 해도 기억할 수 없어서 안타까운 꿈을 말한다. 그러면 우리의 모든 삶이 걸레처럼 찢어져 사라져버린다. 괴롭지 않으려면 체념해야 한다. 나는 체념해야 한다는 생각을 항상 하고 산다. 그리고 자주 그럭저럭 체념하는 데 성공했다. 진실하고 깊은 체념은 아니었다. 가끔 화가 치밀기도 한다. 그럴 때 처음에는 내 안에서 어떤 불만이 자라나고, 나를 엄습하고, 나의 목을 조른다. 아니, 나는 하늘까지 치솟은 이 벽의 이면을 보지 못하는 것에 대해 자위도 망각도 하지 못할 것이다. 어떻게 과학과 신학, 지혜에도 불구하고 이 무지에 빠져 사는 것을 감수해야 하는가? 태어나면서부터 나는 아무것도 배우지 못했고, 앞으로도 배우지 못하리라는 것을 안다. 상상의 한계를 없애고 싶었다. 상상의 벽을 무너뜨리고 싶었다. 하지만 그 벽들은 절대 무너지지 않을 것이고, 나는 태어날 때와 마찬가지로 무지 속에서 죽을 것이다. 상상 불가능한 것을 상상할 수 없다는 것은 상상할 수 없는 일이다. 모든 기술자, 모든 정치인, 모든 농부, 모든 장인(匠人), 모든 빈자와 모든 부자, 이들은 너무도 안이하게 벽 안쪽에서 살 수 있다. 이것은 교만이 아니다. 나는 다른 사람들보다 더 알고 싶지 않고, 우리 모두가 알기를 갈망한다. 얼마 전에 내가 서점에 선 채로 낱장을 뜯지 않고 책

갈피를 벌려 몇 페이지 읽은 책의 저자인 철학자는 '그것은 상상 불가능하다. 그러므로 상상 불가능한 것을 상상하지 말자'고 했다. 나는 세상을 향한 최초의 놀라움, 답이 있을 수 없는 의문과 놀라움에서 조금도 벗어나지 못했다. 사람들은 우리에게 이 놀라움에서 벗어나고 이를 못 본 채 지나쳐버리라고 한다. 그렇다면 도대체 지식이나 도덕을 어떤 토대 위에 세울 수 있단 말인가? 어떤 경우에도 이 토대가 무지일 수는 없다. 만약 그렇다면 우리는 무지 속에 있는 것이고, 출발의 토대와 기초는 무(無)밖에 없다. 어떻게 무 위에 세울 수 있단 말인가? 우리 수중에는 우리가 근거로 쓸 수 있는 얼마간의 실제 경험이 있다. 나는 내가 이동할 수 있다는 것을 안다. 식당에 갈 수 있다는 것을 안다. 사람이 식당을 차릴 수 있다는 것도 안다. 기계들이 있다는 것을 안다. 기술이 존재하다는 것도 안다. 아무것도 없는 무에 기댄 기술이 어쨌거나 이론의 여지없이 존재한다는 것을 깨닫자 기분이 이상해진다. 이런 나의 놀라움은 차원을 달리한다. 이런 일이 벌어진 것은 누구 때문일까? 어떻게 이런 일이 벌어질 수 있나? 어떻게 이런 것이 가능한가? 다시 한번 말하지만 한정된 지식은 지식이 아니다. 온 우주와 모든 존재, 그리고 우리는 우리에게 주입된 본능과 제한된 사고에 의해 작동한다. 우리는 작동할 뿐 행동하지 않는다. 나는 나를 위해 먹는다고 믿으나 보존본능 때문에 먹는 것이다. 내가 사랑하고, 나를 위해 정사를 한다고 믿지만, 이는 단지 종족을 보존하기 위한 것이고, 그렇게 하라고 나를 조종하는 법칙에 복종하기 위한 것일 따름이다. 내게 작용하는 이런 것들을 명명할 단어가 상상 속에 떠오르지 않아서 나는 이런 것을 '법칙'이라고 불렀다. 우리는 사회적

조건에 따른다. 아니, 이런 것은 아무것도 아니다. 우리는 생물학적 조건, 나아가 우주적 조건에 따른다. 내가 방금 말한 모든 단어들도 내가 말하기 전에 이미 말해졌고 내 안에 뿌리내렸다. 이 말하고 생각하는 방식, 나는 이런 것을 방식이라고 부르는데, 그 방식은 현실을 포괄하지 못한다. 왜냐하면 나는 이 단어가 무엇인지, 현실이 무엇인지 잘 알지 못하고, 아무것도 모르고, 심지어 현실이 어떤 것의 표현인지, 무엇을 의미하는지조차 모르기 때문이다.

나는 똑같은 해결책을 다시 찾으려고 애쓴다. 다시 말해 생각을 멈추는 것이다. 이런 생각을 생각이라고 부를 수 있고, 생각이 정말로 생각에서 나온 것이라면 말이다.

우리는 감내한다. 나는 감내한다. 내가 감내하는 데에 만족하기를! 이것은 이미 체념이다. 내 안에 매번 약간의 체념이 있으면 나는 마음이 놓인다. 일종의 평온, 안식이다. 잠이 오려고 한다. 마음을 가라앉히자.

그러자 불쑥, 매번 예기치 않은 순간에 난데없이 나를 급습하는 생각, 내가 죽으리라는 생각이 떠올랐다. 나는 죽음이 무엇인지 모르기 때문에 죽음을 두려워해서는 안 되며, 또 나를 되는대로 내버려두어야 한다고 말하지 않았던가? 속수무책이다. 나는 화들짝 침대 밖으로 뛰어내렸고, 새파랗게 질려 방의 불을 켜고 방 이 끝에서 저 끝으로 뛰어다녔고, 거실로 가서 불을 켰다. 누워 있을 수도 없고, 앉아 있을 수도 없고, 움직이지 않고 서 있을 수도 없었다. 그래서 나는 움직이고 또 움직였으며, 집 안을 돌아다녔다. 사방의 불을 다 켜고 뛰고 또 뛰었다. 수십억의 존재들이 똑같은 불안에 빠져 있다. 왜 우리는 이런 식으로 행동할 수밖에 없는 것일까? 아무 논법도, 말도 성립되지 않는다. 공포에 질려 식은땀이 흐른다. 다른 많은 사람들처럼, 다른 많은 사람들처럼 말이다. 수십억의 사람들이 제각기 이런 불안에 사로 잡힌 나머지, 존재 하나하나의 내부에서 그 자신과 수십억의 모든 존재가 죽는 것 같다. 도대체 왜 그럴까? 어떻게 그럴까? 꽤 오랫동안 찾아오지 않던 이 불안이 불현듯 나를 압도하는 것은 필경 내가 거처를 옮겼고 회사에 대한 걱정이 없어졌기 때문일 것이다. 생활이 바뀌고 새 삶이 시작되니, 습관적이고 우울했던 생활에서는 사라졌던 공포와 불안이 다시 나타난다. 불안은 놀라고 불안하던 그 첫날처럼 아주 생생하게 다시 찾아왔다. 사람 하나하나는 아무것도 아니다. 그리고 동시에 각자가 온 우주이다. "제발 자리에 누워 모든 생각을 끊기를. 더이상 아무 생각 말기를, 더이상 생각하지 말기를." 그러고 나자 결국 피로가 엄습해왔다. 체념처럼 달콤하고 좋은 피곤이 새벽의 첫 햇살과 함께 찾아왔고, 드디어 나는 침대로 가서 이불을 덮고 졸다가 얕은 잠에 빠졌다.

매일의 새벽은 시작 혹은 재출발이다. 부활이다. 죽음은 멀어지고 해가 없는 곳으로 숨으러 간다. 아침이 부활이라는 것이 한낱 상징일 뿐임을 우리는 심리적으로, 신체적으로 느낀다. 눈에 보이고 귀에 들린다. 나는 어렸을 적부터 일찌감치 불안에 시달렸고, 어머니는 퇴근 후 저녁에 같은 층에 사는 이웃 두세 명을 초대하여 내가 자는 방문을 열어놓은 채 그 옆방에서 이야기를 나누었다. 그때부터 이미 어둠과 침묵을 무서워했나보다. 가까이에서 어른들의 말소리와 중얼거림과 속삭임이 들리면 마음이 놓였고 너무나 행복했으니까. 나는 가급적 오랫동안 그런 가수면 상태를 즐기면서 일종의 콘서트에 에워싸여 부드럽게 잠들었다. 지금은 잠이 깨기 직전 몽롱한 상태에서 위층 사람의 발소리, 문이나 창문을 여닫는 소리, 커피 향기, 라디오 소리 같은 아침의 소음을 듣는 것을 좋아한다. 그보다 더 좋아하는 것은 지하철 첫차의 우르릉거리는 소리나 첫 버스가 지나가는 소리를 듣는 것이다. 하지만 이 변두리에서는 지하철 소리, 벽을 가볍게 진동시키던 지하철 소리를 더이상 듣지 못할 것이다. 그 어렴풋한 소리는 나를 안정시켜주었고, 그러면 다시 잠에 빠져들곤 했다. 아! 그러나 그다음에는 자명종의 갑작스럽고 귀청을 찢는 날카로운 소리. 그러나 이제 그런 일은 없을 것이다. 자명종 소리를 빼고 일반적으로 소음은 나를 불편하게 하지 않는다. 나는 망치, 굴착기, 자동차, 전기톱, 기계 소리를 길들인다. 다시 말해 듣지 않으려고도, 원망하려고도, 대항하려고도 애쓰지 않는다. 그저 그 소리를 주의깊게 듣는다. 그렇게 하면 실제의 음악처럼 청각적 흥미가 가득한 일종의 소리의 풍경이 구성된다.

초인종 소리에 잠이 깼다. 열한시였다. 잔이었다. 열시에 와야 하는데 늦었다며 사과를 했다. 남편이 아팠고 일이 많았다고 했다. 그런데 내가 막 잠자리에서 일어났고 그녀가 늦은 덕분에 한 시간 더 잘 수 있었다는 사실을 눈치채더니 그리 미안한 기색을 보이지 않았다. 나는 그녀에게 거실부터 시작하라고 하고 욕실로 갔다. 안마당을 향한 욕실은 그다지 밝지 않았으나 너무 어둡지도 않았다. 그래도 불은 켜야 했다. 매일 씻는 것은 얼마나 고역인지. 나는 항상 될 수 있는 한 그것을 오랫동안 미루려고 애쓴다. 출근하지 않는 일요일이면 식당에 가는 오후 두시에 씻은 적도 있었다. 면도도 안 했다. 그러나 주 중에는 서둘러 해야만 했다. 이제는 하루하루가 일요일이다. 아무렇게나 되는대로 살게 되지 않을까 걱정했었다. 그것은 큰 위험이었다. 이렇게 게으름을 피우고, 아침이면 의지가 박약한 점 때문에 곤경에 빠졌었다. 이제 그것 때문에 하루를 망칠 염려가 있었다. 너무 늦지 않게 세수하고 옷을 갈아입도록 잔에게 더 일찍 오라고 말해야겠다고 생각했다. 여덟시에, 아니, 그건 너무하니 아홉시에. 나는 빨리 끝마쳤다. 일종의 기쁨을 느끼며. 나가서 사람들과 거리, 새로운 나의 도시를 보리라 생각했다. 벌써 햇살이 환한 활기찬 거리를 상상했다. 또 언젠가는 은퇴한 사람들의 작은 길도 산책해야겠다. 외출. 관심과 동시에 초연함으로 사람들을 관조하는 것. 그것은 참 아름답다. 내가 행복해하는 이유가 있었다. 왜 눈으로 볼 수 있는 모든 것과 귀로 들을 수 있는 모든 것을 누리지 말아야 하는가? 이 모든 것에 둘러싸여 있으면서 동시에 그 바깥에 있는 것이다. 무대 위 배우들 한가운데에 서 있는 관객. 무엇이든 흥미진진하고 재미있으며, 호기심을 끌고, 극적이고, 색다르고, 신비롭다. 무엇인지 모를 목표를 향해 바쁘게 달려가는 개를 눈으로 좇는 것도. 무엇인지 모를 목표를 향해 질주하는 사람들을 보는 것도. 구경하는 사람들을 구경하는 것도. 모든 것이 누군가에 의해 꾸며진 연극이다. 누구에 의해서인가? 고백하자면 신에 의해서이다. 내가 신을 믿는다는 사실을 고백하자. 나는 비록 그 자초지종을 모르지만, 실상 창조라는 것도 연극과 같다. 하여튼 진정한 환각을 일으키는 것이다. 누구도 이것을 부정할 수 없다. 어쩌면 신은 세상이 저절로 굴러가도록 내버려두었을지도 모른다. 혹은 내가 가끔 틀렸는지도 모른다. 신이 우리가 하는 모든 일에서 우리를 좌지우지한다는 것은 아마도 사실이 아닐 것이다. 그렇다, 우리 밖이라기보다는 안에 있는 일상적이고 평범한 세상의 가벼운 장막을 열기만 하면 된다. 주의깊게 살펴보면 아무것도 평범하지 않다. 비극이자 동시에 희극이다. 나는 바보 같은 소리를, 뭔가 전혀 엉뚱한 소리를 하고 있다. 사람들이 벌이는 연극은 위대한 연극의 초라한 대체물에 지나지 않는다.

아침을 먹기에는 이미 너무 늦었다. 괜찮다. 아페리티프를 마시러 카페에 가야겠다. 벌써 열두시가 가까웠으며, 너무 춥지 않으면 카페 밖에서 아니면 안에서 신문을 읽을 수 있다. 나는 현관 매트 아래에 넣어두고 가라고 이르며 잔에게 열쇠를 주었다. 그녀는 내가 그토록 빨리 집을 나서자 약간 실망한 것처럼 보였다. 그녀는 이야기를 하고 싶어했다. 나는 예전부터 그녀가 자기 생을 이야기로 늘어놓는 경향이 있음에 주목했다. 나는 그녀에게 그러지 않는다. 나의 삶은 나와 나 사이의 비밀이었다. 왜 비밀이라고 하는가? 그것은 비밀도, 비밀이 아닌 것도 아니다. 수다 떠는 것이 지루해서 결국 나와버렸다. 나는 두 층 반을 경쾌하게 휘파람을 불며 내려갔다. 그리고 멈췄다. 수위 아주머니를 조심해야 했다. 존경받을 만하고 의젓하게 보여야 한다. 마지막 계단을 차분하게, 거의 엄숙하게 내려갔다. 수위 아주머니는 커튼을 젖히고 문을 열고 근엄한 눈초리로 나를 보는 것을 잊지 않았다. 이제부터 발끝으로 걸어야겠다고 생각했다. 나는 거의 수줍어하며 아주머니에게 인사했는데, 그것은 나를 화나게 했다. 그녀는 어쨌든 내가 고용한 사람이며, 내가 나쁜 짓을 전혀 하지 않았다는 생각이 들었기 때문이다. 아! 이번엔 그녀가 살짝 미소를 지으려 했다. 어쩌면 아닌 것도 같다. 하여튼 눈썹을 찌푸리지는 않았다. 매일 아침 나에 대한 말없는 비판과 심지어 경멸을 대면하며 그녀의 문 앞을 지나다녀야 한다고 생각하니 벌써부터 난감해졌다. 공상이었다. 밖으로 나가 왼쪽으로 돌아 작은 시골길에서 한 노인네와 엇갈렸고, 다시 왼쪽으로 돌아 큰길 인도 위를 몇 발짝 걸었다. 길을 건넜다. 버스 정류장 바로 곁에 다다랐는데, 그 뒤에는 구청과 구청의 정문이 있었다. 몇 미터 더 나아가서 오른쪽으로 돌았더니 구청 정문이 나왔다. 몇 미터 더 나아가서 오른쪽으로 돌아 구청의 한쪽 벽면을 따라 공무원이 드나드는 쪽문까지 갔다. 이 문에서 등을 돌려 자그마한 카페가 있는 길로 건너갔다. 거기에 신문 가게가 있었다. 신문을 사고 지붕이 있는 테라스 유리창 곁의 작은 원탁에 자리잡았다. 캄파리를 주문해서 한 잔, 두 잔, 석 잔, 일곱 잔까지 마셨다. 더 마시지 않으려고 노력했다. 너무 자주 웨이터를 귀찮게 했더니 그가 약간 비웃는 듯했고, 특히 짜증이 난 것처럼 보였다. 어쩌면 아니었을 수도 있다. 결국 캄파리 일곱 잔이면 충분했다. 오늘 아침에는 수다로 나를 지겹게 한 잔 때문에, 또 수위 아주머니의 시선을 피하지 못해서 몇 초 동안이나마 겁이 났기 때문에, 간헐적으로밖에는 느끼지 못했던 가벼운 행복감이 점점 커져서 모든 불안감을 잠재우고 평정을 가져왔다. 나는 웃고 싶었다. 아마 약간 멍청한 욕망이었을 것이다. 약간 멍청한 욕망. 멍청하면 어떤가. 국내 정치면과 국외 정치면을 대강 훑어보고, 국내 면에서 사람들 사이가 좋지 않다는 것과 농민들의 불만이 커지고 노동자들과 중산층, 수공업자들과 상인들의 불만도 커지고 있다는 것을 알았다. 경찰마저도 더이상 못 참겠다며 정부 건물을 점거하겠다고 위협하고 있다는 것도 알았다. 지성인들이 분노하고 있었다. 학생들도 공부하기 싫거나 일자리가 없어서, 아니면 지루하고 어렵고 쓸모없는 공부를 마쳐봤자 일자리가 거의 없어서, 아니면 그들의 공부가 매우 흥미롭고 인류 발전에 불가결한 만큼 보수를 훨씬 많이 받아야 하기 때문에 분노하고 있었다. 아무 가치도 없는 사회지만 그 안에서 학생들 몫으로 돌아갈 자리는 없을 것이다. 이에 대해서 나도 생각은 같지만 그 이유는 같지 않다. 어떤 윤리나 종교도 사회의 근거가 될 수 없고, 인간의 존재조건 그 자체도 사회적이든 사회 외적이든 용납할 수 없다. 나는 사설을 끝까지 읽은 적이 한 번도 없다. 나는 잠시 신문을 밀쳐두고 지나가는 사람들을 멍하니 바라보았다. 정말 진지하게 보지는 않았다. 불현듯 우리의 조건이 결정되었고, 우리가 그에 따라 행동하는 것은 아니라는 생각이 들었기 때문이다. 행동하는 것은 누구인가? 나는 무엇인가? 나는 존재하는가? 그렇다, 존재한다. 그러나 나는 있는가? 세상에 던져져 그것을 감내하는 영혼을 우리가 믿기만 한다면. 우리는 에너지와 힘, 다양하고 모순된 경향들이 덧없이 엇갈리는 매듭이고, 죽음이 이 매듭을 푼다. 그러나 이 힘들과 에너지의 사건들은 바로 우리 자체이다. 우리는 행동하지만 우리가 우리를 만들기도 하고, 우리는 행동하지만 우리에게 영향을 미치기도 한다. 아! 내게 철학적 재능이 있다면 많은 것을 알 텐데! 이런 것들을 잘 알고 있어서 내게 더 잘 설명하고, 남들에게도 설명하고 생각을 교환할 수도 있을 텐데. 수학자가 될 수도 있었을 텐데. 뤼시엔의 사촌인 수학과 학생은 수학으로 신의 존재를 증명할 수 있다고 했다. 다른 사람은 수학과 물리는 그 자체가 무에 의거한 가설이나 공리에 근거를 두고 있다고 했다. 그러나 내가 보는 모든 것은 구성된 것들이다. 어떤 가설이나 공리에서 출발해도 그 위에 구성할 수 있다. 현실이란 존재하지 않는다. 거짓도 진실도 존재하지 않는다. 그래도 모든 것은 진행되고, 입증되고, 건설된다. 신은 우리에게 이러한 자유를 주었고, 또 의지와 욕망이 존재하도록 하였으며, 해석과 가설이 서로 상반되건 말건 무언가를 만들기 위해서 모두 똑같이 유효하게 했다. 몇 년 전 회사 근처 식당에서 밥을 먹다가 한 학생이 자기 의견에 동의하지 않는 다른 학생에게 말하는 것을 들었다. 그는 만일 나치스가 전쟁에 이겼다면 그들의 인종차별 이론과 생물학, 경제 이론이 입증되었을 테고, 마르크스주의 경제 이론이나 생물학적 시각만큼이나 확고한 문화를 이룩할 수 있었을 거라고 주장했다. 매우 다양하고 모순된 수학 이론들과 모든 기하학, 모든 기하학은 건축술에 장애가 되지 않을 뿐만 아니라 오히려 도움이 된다. 기초나 출발점으로 쓰이는 것은 우리의 의도이며 우리의 가설인데, 가설이란 우리의 호의나 다양한 개성, 인종의 표현에 지나지 않는다. 모두 입증된다. 사람들은 자기가 하고 싶은 것을 하고 산다. 내가 아니라 '그들' 말이다. 나는 그 축에 끼지 않는다.

아페리티프를 일곱 잔 마시자 현실도 비현실도, 진실도 거짓도 존재하지 않는다는 생각이 들었다. 모든 철학과 신학은 사람이 원하는지 원하지 않는지에 따라 좋거나 나쁘다. 그런 생각을 하니 웃음이 나왔다. 다시 지나가는 사람들을 바라보았다. 그들은 서로 달랐다. 그리고 모두 똑같았다. 실천만이 있을 따름이다. 다른 어떤 것도 없고 실천만이 있을 뿐이다. 이는 무슨 의미인가? 철학적으로 사색하는 방법을 배우지 않은 채 일곱 잔의 술을 마시고 철학적 사색을 하는 것은 꽤나 주제넘은 짓이다. 나는 다시 신문을 들었다. 스포츠면은 절대로 읽지 않는다. 서로 달려드는 이 팀들은 중요한 것은 공이 아니라는 사실을 잘 보여준다. 더 큰 팀인 국가들이 서로 싸우려고 달려들고 사회 계급들이 서로 전쟁을 할 때에도 그것은 경제 때문이 아니고 애국 때문도 아니다. 정의나 자유 때문도 아니며, 단지 투쟁 자체를 위한 투쟁 때문, 전쟁을 하고 싶은 욕구 때문이다. 그러나 나는 전쟁학자가 아니다. 그리고 그들이 전쟁을 하든 말든 나는 관심이 없다. 내게는 공격성이 아예 없거나 거의 없다. 바로 이것이 내가 남과 다른 점이다. 그러나 나는 기꺼이 범죄 관련 기사를 읽는다. 나는 범법자를 좋아하지 않는다. 피해자에 대한 동정심도 별로 없거나 있다고 해도 아주 가끔…… 왜 그런 기사를 읽는 것을 좋아할까? 그것이 일상의 단조로움을 깨기 때문이다. 사실 그것은 가슴을 두근거리게 한다. 나는 국내 정치나 국제 정치 기사를 끝까지 읽어본 적이 한 번도 없다. 해설에는 흥미가 없다는 말이다. 사건의 해설자는 바로 나다. 나는 사람들이 전쟁을 원하면서 동시에 원하지 않는다는 사실을 안다. 사람들이 다른 사람들의 도구라는 사실도 안다. 나는 그들이 서로 사랑하고 싶어하지만 대개는 속내와 달리 서로 미워한다고 생각한다. 그들은 자신은 모르지만 권태에 빠져 있다. 어쩌면 그렇지 않을지도 모른다. 나는 자주 권태에 빠진다. 현기증이 나고 권태가 두렵다. 얼마 전, 아마 나도 모르게 유행을 탔는지, 권태가 원인이거나 권태 자체인 우울증에 걸린 적이 있었다. 만일 권태에 대해 글을 쓴다면 그것은 권태를 느끼지 않기 때문이다. 권태는 마비를 유발하고, 파괴적 행위만 하게 하거나 죽음과 비슷한 상태에 몰아넣는다. 견딜 수 없었다. 아무도 나를 도울 수 없었고, 나는 어느 것에도 매달릴 수 없었다. 견딜 수 없다는 표현을 했지만 이는 사실과 거리가 멀다. 그렇다, 죽을 지경이었다. 마치 공기 속에서 익사하는 것 같았다. 거리나 세상 누군가를 향해서 어떤 창문도 열지 못했다. 질식이었다. 또 어떻게 표현할 수 있을까? 몇 주, 몇 달 동안 움직이는 것이 엄청난 노력을 요했고 움직이지 않는 것만큼이나 고통을 주었다. 용납할 수 없었다. 그렇다, 바로 이거다. 절대로 용납할 수 없었다. 음식은 아무 맛이 없었다. 죽지 않은 죽은 자, 더이상 살아 있지 않은 산 자. 끝없는 사막에 홀로 있었다. 혹은 반대로, 천장에 책 한 권조차 읽을 수 없는 회색 불이 달려 있고 아주 높은 벽으로 에워싸인 감방에 있었다. 다른 사람들 말이 나랑 무슨 상관인가? 사람들의 무심한 말, 혹은 친절하거나 불쾌한 말들은 내 귀에 와닿지 않았거나 내가 그것을 내치고 피했다. 사람들이 한 명씩 거리에 지나다니는 것을 보면 구역질이 났다. 두셋이 모여 토론하는 것을 보면 겁이 났고, 유니폼을 입었든 안 입었든 밀집해서 열을 지어 지나가는 사람들을 보면, 평온하든 소란스럽든 군중을, 또는 군대를 보면 혼비백산했다. 하느님이 보우하사 내가 그들 사이에 끼지 않기를.

그러나 고독도 더이상 참을 수 없었다. 여러 날 동안 나는 문에서 창으로, 창에서 문으로 쉴새없이 서성거렸다. 불안이 아니라 권태, 물질적 권태와 육체적 권태였다. 움직일 수도, 가만히 앉아 있을 수도, 서 있을 수도 없었다. 모두 고통이었고, 영혼이 암에 걸린 것 같았다. 그것이 다시 시작되지 않기를! 일 초가 끝이 없는 것처럼 길었다. 잠이 피난처였다. 아! 하루 종일 잘 수는 없었다. 자면서도 권태로워하는 꿈을 꿨다. 나의 이런 증상은 예전에 사장을 불쾌하게 했다. 건강진단서를 받을 수 있었으니까. 의사 역시 내게 아무것도 해줄 수 없었기 때문에 나는 전문병원으로 보내져 독한 약들을 받았고, 그러고 나면 다시 활동을 시작했고 병원에 더이상 가지 않았다. 권태는 불안보다 나쁘다. 아니, 불안할 때는 권태를 느끼지 않는다. 나는 이렇듯 권태에서 불안으로, 불안에서 권태로 왔다갔다했다. 나는 이제 권태를 느끼지 않는다. 아니, 느껴서는 안 된다. 그러나 가슴속 가장 깊숙한 곳에 권태가 자리잡고 있으며, 나를 노리고 위협하며 더욱 강해져 나를 감싸 질식시킬 수 있음을 알았다. 아! 그렇지 않다. 세상은 무척 흥미롭다. 쳐다보기만 하면 된다. 나무를 바라보거나 산책을 하기만 하면 되는 사람들도 있다. 나는 산책해보라는 충고를 받았다. 산책은 권태보다 더 권태롭고 슬픔보다 더 슬펐다. 권태의 심연에 다시 빠지지 않기를! 세상을 주의깊게 바라보기, 온 주위를 아주 찬찬히 바라보기. 세상에서 그 '현실'을 떼어버려 매 순간 원초적 경이감을 되찾도록 투쟁하기. 모든 것이 묘하다는 느낌을 되찾기. 깨어나 이 모든 것이 진실임을 보고 느끼기. 그렇다, 존재, 세상, 사람들, 이 모든 것이 유령 같다. 이 모든 것의 밖에만, 벽 너머에만 근본적인 것이 존재한다. 세상에 던져진 것 자체가 고뇌이다. 끊임없이 처음으로 되돌아가고 자포자기하지 않기. 벽에 기대어 거기서 세상을 보거나 벽을 향해 돌아서서 벽에 몸을 바싹 붙이기. 벽이 무너질까? 벽에 기댄 나 자신에게 이것을 어떻게 설명해야 할까? 사물들이 흩어지는 것을 어떻게 바라보아야 할까? 항상 가능하지는 않으나 이것이 권태에서, 어두운 권태에서 벗어날 수 있는 유일한 방법이다. 더이상 생각하지 말자. 이제 기분이 나아졌다. 술은 얼마나 좋은가! 돈을 치르고 일어서자 약간 비틀거렸다. 열두시 반이었다. 식당에 늦지 않게 가서 나의 작은 식탁이 남아 있어야 할 텐데. 다른 식탁은 싫었다. 이미 습관이 된 것이다. 카페에서 나와 길을 건너는데 차를 몰고 가던 사람이 내게 욕설을 퍼부었다. 구청 정문 맞은편 버스 정류장까지 인도를 따라가다가 큰길 횡단보도로 건너는데 한 소녀가 내 팔에 부딪혀 사과했으며, 나도 한 사내의 팔꿈치에 부딪혀서 사과했다. 다른 사람과 정면으로 코를 마주치는 바람에 그를 피해 돌아 식당 바로 앞 인도에 이르렀다. 여전히 신문을 손에 든 채 식당 문을 열자마자 내 식탁부터 보았다. 식탁은 비어 있었으며 식탁보 위에는 '예약'이라는 작은 종이표가 놓여 있었다. 나는 이미 과음한 상태였다. 술은 주문하지 않는 것이 어떨까? 이본이 와서 미소지으며 인사를 하고 내 보졸레를 원하는지 물었다. 수줍음 때문인지 유혹 때문인지 나는 그것을 받아들였다. 그녀는 감자를 곁들인 양고기 스튜를 권했고 포도주를 따라주었다. 그녀가 호의를 가지고 나를 걱정스레 바라보는 걸 느꼈다. 단숨에 들이마셨다. 일종의 경쾌함과 취기가 사라지고 답답해졌다. 불쾌한 느낌은 아니었다. 양고기 스튜의 맛을 느끼지 못했고, 치즈를 먹었는지 디저트를 먹었는지, 아니면 둘 다 먹었는지 기억이 나질 않는다. 이본이 커피를 가져다준 것까지는 기억이 난다. "이걸 마셔요. 아주 진해서 술이 좀

깰 거예요."

그것으로는 정신이 깨어나지 않았다. 그녀가 나를 문까지 데려다주었고, 내가 오른쪽으로 벽을 따라가다 길모퉁이를 돌아 집 문 앞에 도착한 것이 간신히 기억난다. 퍼뜩 정신이 돌아왔다. 복도에서 비틀거리지 않고, 수위 아주머니가 있는 수위실 앞을 지날 때 몸을 꼿꼿하게 세우도록 유의해야만 한다. 수위 아주머니가 문을 열고 나를 쳐다보고 첫 계단을 오르는 것을 지켜보았다. 그다음은 잊어버렸다. 단지 옷을 벗느라 힘들었다는 기억이 난다. 다음날 아침 잔이 울린 초인종 소리에 잠이 깼다. 그녀는 내가 청한 대로 더 일찍 왔던 것이다. 그녀는 침실에 들어서자마자 내가 전혀 유쾌해 보이지 않는다며 이상한 표정으로 쳐다보았다. 그 두통과 울렁거림! 약은 하나뿐이었다. 코냑 한 잔, 아니, 코냑 두 잔.

재빨리 세수를 하고 욕실을 비웠다. 석 잔을 마신 뒤에는 반쯤 행복해져서 그녀가 내게 적극 권하며 끓여준 아주 진한 커피를 마셨다. 그리고 그녀가 가져다준 신문을 들고 긴 소파에 드러누우러 갔다. 어느 가장이 자고 있는 마누라와 아들을 도끼로 찍어 죽였다. 어떤 여자가 잠든 남편과 딸을 권총으로 쏘아 죽였다. 한 쌍의 연인이 호텔 방에서 자살했다. 육십대 농부가 밀렵꾼인 오십대 이웃을 장총으로 쏘아 죽였다. 실종된 젊은 여인의 시체가 마침내 센 강에서 퉁퉁 불은 채 발견되었다. 일본 여자와 결혼한 프랑스 남자가 아내가 독일 남자와 바람이 나서 버림받자 할복했다. 어느 상습 자살 기도자가 가스를 틀어놓았는데 죽지는 않고 집이 폭발했다. 그는 무너진 집 밑에서 무사히 구출되었으나 그의 이웃이었던 정년퇴직한 노부부와 손자가 깔려 죽었다. 어디선가 전쟁도 일어나고 있었다. 어느 분쟁에서 만 명이 사망하고 만 오천 명이 부상했다. 미국에서 비행기가 비행중 폭발했고, 아시아에서는 착륙 도중에 불길에 싸였다. 다른 곳에서는 인질사건이 났으며 또다른 곳에서도 그런 일이 있었다. 한 건은 극좌파가 한 짓이며 또다른 건은 우파가 한 짓이었다. 아프리카에 폭동이 일어났다. 해방이 되어 독립을 얻자 부족들은 식민지화 전처럼 서로 죽였다. 독립이 매우 오랜 관습을 되찾아준 것이다. 물론 애석한 일이었다. 세계는 산소가 없어서 멸망할 것이다. 우주인이 달에서 돌아온다. 새로운 욕망의 철학이 카니발을 늘릴 것을 적극 설교한다. 바티칸은 사람들 사이에 사랑과 자비를 충고한다. 요코하마에 본부를 둔 어느 연합은 서로 즐겁게 죽이자고 사람들에게 요구한다. 흥미롭군. 그러나 그것은 농담에 지나지 않는 것 같고, 나도 그렇게 믿는다. 사람은 서로 그렇게 즐겁게 죽이진 않는다. 서로 죽이기 위해서는 분노의 에너지가 필수적이다. 먼 나라에서 내란이 시작되어 백만 명이 죽었다. 그 이웃인 세 강대국이 무기를 조달하며 각 분파의 싸움을 부추겼다.

동물보호협회는 더이상 어린 물개들이 대량 학살되지 않기를 갈망한다. 한 청년이 자기 아버지를 부르주아라고 살해했다. 내란중인 어떤 나라에서는 마을 사람 전체, 남녀노소가 화염 방사기로 학살당했다. 마을 사람들이 가입한 종교단체가 분쟁중인 어느 편에도 가담하지 말라고 했으며 전쟁을 금지했기 때문이다.

이 모든 것이 실망을 가져다줄 뿐이다. 항상 그 나물에 그 밥이라 권태롭다. 어차피 사람들은 모두 죽을 텐데 조금 더 일찍 죽이는 것이 사실 무슨 상관인가? 그러나 매일이 비슷비슷할지라도 결국 여기저기서 일어나는 모든 사건은 정신을 일깨워준다. 잔이 거실로 왔을 때, 나는 막 잠이 들려는 참이었다.

잔은 가구에 광을 내느라 열심히 문지르며 나의 생활이 무절제하다고 잔소리를 늘어놓았다. 그녀는 내가 지나칠 정도로 술을 마셔서 건강을 해치고 있음을 알아차렸다. 술은 한창 활동할 나이의 남자에게는 좋지 않다. 다시 일을 해볼까? 물론 나는 유산을 받았다. 그렇다고 아무 일도 하지 말란 법이 있는가? 적어도 결혼은 해야겠다. 내가 성불구자처럼 혼자 살기로 작정했던가? 가정을 가져야만 한다. 자식도 가져야지. 사람이란 그렇게 살도록 생겨먹었다. 자식이란 어릴 땐 귀엽고, 우리가 늙고 자식이 자라면 도움을 받을 수도 있다. 모든 이에게 버림받고 홀로 죽는 건 독신으로 사는 것보다 처량하다. 어떤 운명이 나를 기다리고 있는지 모르겠다. 잔에게는 금슬이 그다지 좋지 않고 병든 남편이라도 있었다. 그들 부부에게는 공들여 키운 아들이 있었는데 그들 곁을 떠났다. 아들은 착한데 며느리 탓이라고 했다. 이젠 소식조차 없다고. 아들을 하나 낳았다던가. 잔은 아들 못지않게 애지중지 키운 딸도 하나 있다고 했다. 마음씨가 착했다. 그 딸도 아이가 하나 있었는데 죽었고, 그 일로 남편과 헤어졌다. 친정으로 돌아왔다가 다시 떠나 제 인생을 산다고 했다. 가끔 친척들한테 소식을 듣는데 마약에 중독된 듯하다고. 그들 부부가 딸에게 얼마나 정성을 쏟았던가! 자식이란 배은망덕하다. 자식을 위해 피땀을 흘리고 어렵사리 키우건만 성인이 되면 우리를 잊고 만다. 무자식이 상팔자이고, 혹 자식을 두려면 착한 자식을 두어라. 배은망덕한 자식에게 감사하는 마음을 기대해서는 안 된다.

그녀의 말이 전적으로 옳다고 맞장구를 쳤건만 잔의 입을 다물게 하지는 못했다. 잔은 오른손으로 걸레를 들고 왼손으로는 제스처를 써가며 줄곧 떠들었다. 그녀는 장가가고 아이를 가지라고 채근했고, 난 그러마고 약속했지만 별로 믿는 눈치가 아니었다. 내가 그러겠노라 맹세를 하자 그제야 자리를 떴다. 식당에 가기에는 너무 이른 시각이다. 그 전에 산책이나 하면 어떨까? 동네 전체를 한 바퀴 도는 긴 산책. 재미있지 않을까. 예를 들어 새 카페를 발굴하는 것은 신나는 일이겠지. 카페는 얼마든지 있다. 매일 다른 카페에서 종류를 바꿔가며 아페리티프를 마신다면 그거야말로 진정한 탐험이리라. 어제는 캄파리, 오늘은 베르무트. 식당을 바꿔 베르무트를 한 잔 마시고 싶었다. 가슴속에서 억누를 수 없는 즐거움이 솟구쳤다. 혹시 잔이 골목에서 수다를 떨고 있는지 창문으로 내다보았다. 내가 눈에 띄면 그녀는 나를 붙들고 알 수 없는 수다를 떨거나 다른 사람까지 소개시켜 삼자 토론에 끌어넣을 것이다.

잔은 거리에 없었다. 아파트 밖으로 나와보니 아래층 수위실 앞에 수위 아주머니와 함께 있었다. 두 여자는 나를 보더니 수다를 멈췄다. 나에 대해 말하고 있었을까? 아무려면 어때? 날 좀 내버려두시지. 나는 하고픈 대로 하고 하기 싫은 건 안 할 테니 상관 마라. 짜증이 났다. 서둘러 현관을 나서며 고개를 돌려 바라보니 그들도 나를 쳐다보고 있었다. 험담을 계속하려고 내가 멀어지길 기다리고 있었다. 저 여편네들이 무슨 상상을 하고 있을까? 그렇다, 음모의 원흉은 저 수위 여편네이다. 저 여자만 없었다면 잔은 내게 잔소리를 하지는 않았을 것이다. 잔은 본성이야 착한 여자다.

　아무튼 다른 사람들을 염두에 두고 살아야 한다. 그들은 나의 생활에 끼어들고 나를 성가시게 함으로써 존재한다. 집착하지 말고 그들 속에 빠져들기만 하면 된다. 타인은 우리를 현실에서 괴리시키고, 자신들의 현실, 아니, 그들의 현실에 우리를 가둔다. 그들의 관점을 받아들이고 그들과 함께 살아야만 함을 깨달았다. 분명 그들을 무시할 수 없으나 나는 다른 곳에 의지하고 싶었다. 진실은 다른 곳에 있다. 왼편 길모퉁이를 돌아 한참 걸어 두세 거리를 건너가니, 이 세상 끝까지 이어져 있을 것 같은 큰길 한 귀퉁이에 조그만 식당이 있었다. 식당에 들어가 술을 마시기 시작했다. 베르무트를 연거푸 두 잔 마셨다. 카운터에는 손님이 많았다. 흑인, 백인 노동자, 횟가루를 뒤집어쓴 미장이들이 있었고, 베이지색 외투를 걸친 왜소한 남자가 키는 크지만 남루한 남자와 담소하고 있었다. 행색으로 보아 두 사내는 보험회사 직원이 틀림없다. 노동자들은 서로 어깨를 두드려가며 요란스레 떠들었다. 카운터 양끝에서 큰 소리로 서로 이름을 불러댔다.
　나는 낯설고 당혹스러운 이 세계에 점차 사로잡혔다. 또한 안으로만 움츠러드는 내 정신 상태, 내 직감의 특징인 냉정함을 발휘해서 이 사람들을 타인이라고 의식했다. 타인의 영혼에 파고드는 것은 얼마나 어려운가! 그러나 이번만큼은 좀더 그들 가까이에 머물고 싶었다. 좀 더 그들 가까이에, 그들과 함께 있으면 어떤 일이 벌어질까? 얼마나 흥미진진할까! 살맛이 날 것이다. 그러나 그들은 깰 수 없는 두터운 유리로 나와 격리된 듯했다.

저들에게 접근하려면 어떻게 해야 할까? 내게는 화성인이나 다름 없는 저들이 나와 같은 종족이라니! 동물원에서처럼 유리 저편으로 정신을 집중하니 그들의 언어는 의미를 포착할 수 없게 되고, 그들의 움직임, 제스처는 혼란스러워 보였다. 그들의 말을 이해할 수 없게 되었다. 일종의 비명. 알맹이를 잃은 껍데기처럼 본질이 손실된 단어들. 소음이었다. 그들의 입이 열리고, 닫히고, 유리잔의 내용물을 그 구멍에 쏟아넣고, 아마 다른 구멍으로 나가겠지. 거리 쪽으로 고개를 돌렸다. 건물˙벽면이 더이상 벽 같지 않았고, 행인도 더이상 행인 같지 않았다. 나는 탁자, 술잔, 그리고 내 손을 들여다보았다. 손가락을 움직여보았다. 웃음이 나왔다. 그리고 번민, 경악에 사로잡혔다. 주위를 둘러보았다. 도대체 이 모든 것이 무엇인가? 이 질문 자체가 내게는 미친 짓이었다. 이것이 무엇인가라고 질문하는 것은 또 무엇인가? 그리고 또 이것을 질문하는 것은……

이 모든 것, 온갖 질문의 막다른 곳에 내가 서 있다. 아니, 그곳은 사물의 끝이 아니라 심장부였다. 그 심장이 가슴을 풀어헤치고 내게 그 속을 드러낼 것인가? 그 속에 아무것도 없다면? 내 눈으로 보기는 힘들 것이다. 공포와 희망이 교차하는 가운데 술잔을 들었다. 그러나 나는 무엇인가를 느낀다. 뭔가 깨어나 꿈틀거리다가 잠잠해지는 것을.

어느 날, 전화 설치하는 사람이 왔다. 나는 거실의 긴 소파 곁에 설치할지 침실 머리맡에 설치할지 망설였다. 거리의 행인을 내려다보며 소파에 길게 누워 사람들과 한담이나 나누면 즐거우리라(사람들과의 관계를 시작하거나 다시 시작할 의향이 있었기 때문이다). 직장을 떠나 사람들과 만나지 못한 사이 이야깃거리가 생겼을 것이다. 지난겨울 사 개월 동안 사무실에서는 무슨 일이 있었을까? 결혼식, 장례식, 그리고 신입사원 채용? 예전의 단골 식당도 다시 가보고 싶었다. 지난 일은 아름답다. 모든 것이 멀어진 뒤 일종의 간격을 두고 바라보면 지나간 인생이 멋져 보인다. 집이랄까 성채랄까, 한 구석 한 구석, 한 층 한 층씩 관람할 수 있는 일종의 덩어리가 이루어진다. 이 모든 것이 이토록 아름다운 줄 모르고 있었다니 얼마나 어리석었던가! 다시 찾아온 이 아름다운 봄의 어느 날에, 내일이라도 당장 그곳에 가보리라. 나뭇가지에는 벌써 잎사귀가 돋았다. 한때 삶이 짐짝처럼 느껴졌으나 지금은 화려한 장식, 기념품, 멋진 구경거리이다. 가급적 세계를 죽은 자의 관점으로 바라보라. 동화 속에서나 가능한 허황된 짓. 그러나 그렇게 하면 돌연 모든 것이 중요해지며 그 의미가 확연하게 드러난다. 나는 과거에 대한 향수를 느꼈다. 마음만 내키면 언제고 가볼 수 있으니 어려운 일은 아니다. 뤼시엔은 어떻게 되었을까? 아이를 가졌을까? 그리고 쥘리에트는? 자닌은? 사장은? 사장은 사람은 좋지만 결국 한심한 자다. 내가 그자 때문에 겁에 질렸었다니. 그자는 차라리 희극적인 면이 있다. 왜 인간은 그 순간에는 웃어넘기지 못할까? 모든 것은 지나가게 마련이니 심각한 것은 아무것도 없다. 아니, 지나간다기보다는 모든 게 멀어져간다는 게 맞겠지. 그리고 모든 것은 회상의 시선으로 포용하고, 살피고, 분석하고, 재구성할 수 있는, 분명한 외관을 지닌 총체를 이룬다. 아침의 커피 향기, 수프에 빠진 하찮고 우스꽝스러운 파리, 이 모든 것이 허상임을 알아차린다면 나 그네 격인 인간은 회한만 느낄 뿐이다. 병고, 전염병, 고문, 전쟁도 일단 멀어지면 더이상 고통스럽지 않고, 이 모든 것을 처절한 현실을 통해 관조, 구경할 따름이다.

어쨌거나 거실에 전화기를 설치하는 것은 싫다. 물론 방문객을 맞이하긴 하겠으나, 귀찮은 것은 싫다. 전화번호부에 내 이름이 수록되는 걸 원치 않는다. 귀찮은 손님이 방문했다가 전화기를 보면 번호를 물을 테니 전화기는 침실에 설치하기로 결정했다. 물론 전화번호를 알려줄 만한 몇몇 사람이 있었다. 나는 전화벨 소리 때문에 새벽이나 한밤중에 깨고 싶지 않았다.

전화 가설공은 각 방에 단자를 설치하는 것이 어렵지 않다고 했다. "그렇게 하시면 원하시는 대로 전화기의 위치를 바꿀 수 있죠." 결국 간단한 문제였고, 설치비가 비싼 편도 아니었다.

전화기를 들었다. 왜 이리 조바심이 나고 들뜨는 것일까? 나는 철학과 학생의 번호를 돌렸다. 그는 분명히 지난 11월에 학위를 마쳤을 테니 이젠 학생이 아닐 것이다. 하늘엔 구름이 덮였다. 비가 올 것만 같다. 줄창 회색 하늘일 때는 술에 취하는 수밖에는 별다른 구원이 없다. 그러나 결국 술 생각에까지 이르지는 않았고, 조바심과 기대감 속에서 철학과 학생과 대화를 해보기로 했다. 신호가 갔으나 받지 않았다. 점차 실망이 더해갔으나 전화기를 귀에서 떼지 않았다. 끈기 있게 기다리길 잘했다. 여자 목소리가 답했다. "앙드레 있습니까?" 나는 초조하게 물었다.

"예, 있어요. 지금 막 들어왔어요."

나는 이름을 밝히고, 그가 괜찮다면 대화를 하고 싶다고 했다. 그는 괜찮다고 말했다. 진심으로 괜찮다고 했다. 나의 목소리를 듣게 되어 기쁘다며 안부까지 물었다. 그렇다, 그는 시험을 통과했다. 학위논문을 준비하며 중학교에서 학생들을 가르치고 있었다. 그는 내 옛 직장에 내 주소를 문의하려 했다고 말했다. 나는 그곳 사람들은 내 주소를 모르고 있고, 이삼 개월 전부터 옛 동료들에게 주소를 알려주고 그중 몇 명은 초대하려고 했으나 옛 직장까지 가야 하는 그 여행, 그 심각한 모험을 차일피일 미루고 있었노라 답했다. 그러나 이젠 단단히 결심했다고. 옛 직장에 갈 생각을 하니 마음이 부푼다고. 나는 그와 잡담을 오래 나누었다. 그는 바쁘지 않다고 나를 안심시키고는 내 인생살이에 대해 물어왔다.

나는 예의 바르게 그에게 먼저 이야기하라고 청했고, 그는 그것에 응했다. 전화를 받은 여자는 그의 약혼녀라고 했다. 약혼녀는 그보다 두 살 어린 젊고 예쁜 여대생이었다.

나는 내 신변 이야기를 늘어놓으며 그럭저럭 잘 산다고 했다. 편히 쉬니 좋다고 했다. 사실 가끔 심심하기도 하다고. 나는 영화관에는 가지 않는데, 그건 내 실수일 거라고. 물론 가고 싶긴 하다. 나는 책도 거의 읽지 않는다. 그러나 남들이 떠드는 문제에 흥미가 쏠리기 시작하니 앞으로는 읽게 되겠지. 물론 정도의 차이는 있지만 모든 것에 흥미가 생겼다. 인간이나 사물에 대한 흥미에 정도의 차이는 있을 수 없다. 어느 것을 선호한다면 그것은 주관성의 문제일 따름이지 진정한 의미의 서열이란 있을 수 없다.

그는 내가 고독 속에 침잠하여 분명 엄청난 명상을 했을 거라고 말했다. (나를 비웃는 것일까?) 일반적인 화제를 늘어놓은 후, 이번에는 나를 이상한 사람 취급하는 수위 아주머니에 대해 이야기했다. 그녀는 내게 분명히 반감을 갖고 있어요. 아니라니까요. 내가 피해망상에 빠진 건 아니에요. 그녀에게 팁을 조금 준 적이 있어요. 받기는 했지만 모욕당한 눈치였어요. 내가 지나갈 때마다 시비를 걸지요. 그녀가 현관을 청소하려는 바로 그 순간에 내가 드나들었고, 신발의 먼지를 계단에 묻혔다는 거죠. 그녀는 나를 흘겨보며 당돌한 질문을 했어요. "또 당신이군요. 어디 가세요? 항상 외출하시네. 한데 직장에 다니진 않죠? 팔자 좋네요. 우리 같은 사람들과는 다르네요." 그리고 조금씩 그 공격성, 의심은 사라졌고, 적어도 더이상 드러내진 않더군요. 그녀는 나라는 사람, 나의 규칙적 왕래, 나의 이상한 고독에 길들여졌지요. 한 번은 내가 경찰이나 원수들을 피해 다니는 사람 같다고 했어요. 나는 누구에게 원한을 산 적도 없고 그런 부류의 인간들과 어울린 적도 없다고 대꾸했지요. 그러고 보니 내가 그럴 만큼 대담해 보이진 않는다고 하더군요. 물론 아니지요. 이젠 잘 마무리되었어요. 더이상 내가 그녀의 신경에 거슬리거나 흥미를 끌지 않아요. 그것쯤은 느낌으로 알 수 있지요. 이젠 내가 모자를 벗고 인사를 하면 답례를 하지요. 나는 습관적으로 모자를 쓰고 다닙니다. 그녀가 나를 쳐다보기나 할까요? 하여튼 더이상 이상한 눈으로 쳐다보진 않더군요. 나도 아파트 주민의 일원이 된 거지요. 예전처럼 눈총을 주려고 수위실 유리문에 쳐놓은 커튼을 들추진 않습니다. 항상 인생살이를 하소연하는 가정부 잔도 있어요. 이 여편네에겐 신물이 났습니다. 시종일관 쉴새없이 떠들지요. 처음 만났을 때와 똑같이. 아니, 더 심해져서 귀가 따가워 몽상이나 사색을 방해합니다. 나를 소리쳐 부르거나 뒷덜미를 낚아채니 이 여자를 따돌리기란 정말 어렵지요. 발끝으로 걸어도 소용없는 것이, 잔은 청각이 매우 예민하거든요. 한데, 이런 이야기가 재미있냐고 물어보았다. 나도 꼭 잔처럼 되어가는군. 철학과 학생은 아니라며 내 경우가 매우 흥미롭다고 했다. 그는 철학자이자 심리학자, 정신분석가이기도 했다. 인간들에게 관심을 쏟고 귀 기울이는 심리학자가 되는 것은 얼마나 훌륭한가!

그가 그럭저럭 잘 살아가느냐고 물어서 그렇다고 답했다. 가끔 일종의 유리상자에 갇혀 나머지 세계와 격리된 느낌이 들어요. 물론 이런 느낌은 아주 불쾌하지요. 바로 이러한 불쾌감에 대항해 싸웠어요. 내가 유리상자 속에 감금된 느낌이 들지 않고 정신적으로나마 남에게 손을 뻗칠 여유가 있을 때에는 유리벽이 뒷걸음치는 것 같아요. 우주 전체가 보이지 않는 벽으로 둘러싸인 듯해요. 그렇다고 해서 이 벽을 통해 뭔가 볼 수 있는 것도 아니고…… 하늘은 하나의 반구체(半球體)이고, 집, 도시, 시골 풍경 너머엔 출구 없는 지평선이 가로막고 있어요. 이 모든 것이 정상일까요? 시간이 너무 긴 것 같기도 하고, 짧은 것 같기도 해요. 매초가 끊임없이 연결되고 매 순간은 상처를 남기지만, 세월은 덧없이 흘러가지요. 시간은 사라져버리지요. 모든 사람이 사라져가는 시간을 아쉬워하는데, 이는 별로 새삼스러운 일이 아님을 나는 알아요. 하지만 이 모순을 견딜 수 없었어요. 내가 짊어진 이 순간의 무게에 짓눌린 나머지, 이 순간을 활용하거나 즐길 수 없었지요. 남들도 권태, 고뇌가 역력한 우울한 표정을 짓더군요. 내가 나 자신을 투사하여 나의 권태와 우울증을 남에게 부과한다고 생각하세요? 그들은 명랑하고, 아무 걱정거리 없고, 설령 있더라도 대단치 않아 그들을 짓누를 정도는 아니리라 믿나요? 그들이 사는 게 사는 거라고 생각하나요? 뭔가 정상이 아니죠, 그렇죠? 나도 일하는 편이 낫겠지만 뭘 하란 말인가요? 사무실에 되돌아가 하루에 여덟 시간 일할 수는 없어요. 차라리 좀 지루한 게 낫죠. 더욱이 항상 지루한 것도 아니고, 하루 종일 그런 것도 아니니까요. 아침에 일어나는 것. 사실 이게 고통스럽긴 하죠. 내 앞에 놓인 하루. 이건 끝이 보이지 않는 황량한 모래밭입니다. 그래도 일어나서 커피를 만들어 마십니다. 주전자, 잔, 잔받침은 잔이 닦아줍니다. 그리고 커피를 마시는 순간은 어쨌든 행복한 순간이죠. 보세요, 나에게도 행복한 순간이 있지 않습니까. 좋은 순간은 빨리 지나가지요. 이 순간을 천착하고 연장시킬 길을 찾아야겠지요. 가끔 날아갈 듯 가볍고 즐거운 순간도 있지만, 그것 역시 금방 사그라집니다. 그러나 뭔가 솟아오르고 분출된다면 거기엔 마르지 않는 원천, 샘이 있겠지요. 가슴속 파라다이스의 광명, 태양이 능선을 황금빛으로 물들인, 눈 덮인 산으로 둘러싸인 신선한 호수가 있는지도 모르죠. 어딘가 이런 것이 존재할 겁니다. 한때 이렇게 생각하고 조금은 기대했으나 점차 믿지 않게 되었고, 이젠 전혀 믿지 않아요. 깊이 침잠할수록 오직 수렁, 더러운 늪뿐입니다. 내 말에 모순이 있지요. 맞아, 모순이지요. 이것 또한 내면에 어떤 갈등, 그럴듯한 충동이 있음을 의미합니다. 내가 항상 짓눌려 있고 항상 기진해 있는 것은 아닙니다. 나는 이 세계가 언제나 불변의 순수성을 지니고 있음을 알아요. 이 점이 나에게 생의 의미를 부여하지요. 그러나 이것의 의미를 충분히 파악하지 못하겠고, 내 존재에 대해선 전혀 모르겠어요. 생각지도 않았던 삶의 육중함, 불투명성이 급습하면 나는 이것이 정말 존재하고, 모든 것의 원천이며 구성 재료라는 느낌이 들어요. 철학과 학생은 오늘은 강의가 없어 나와 전화로 좀더 대화할 시간이 있다며 나더러 계속 이야기해보라고 했다. 그는 나 같은 경우는 정신과 의사들에게는 널리 알려졌다고 장담했다. 그는 온 세상이 똥이라는 느낌 속에서 사는 환자의 경우를 예로 들었다. 그리 드물지도 않은 경우라고 했다. 나는 다행히 그 정도까지 이르지는 않았다고 답했다. 그냥 진흙 구덩이, 그리고 순수한 호수, 또 하얀 눈이라는 느낌도 들어요. 정상인은 이 암흑도 광명도 아닌 중간에 있지요. 정상인은 이 중간에 머물며 밥벌이를 하고, 걱정도 하고, 일상의 관심사에 얽매여 살지요. 그들은 이런 것 덕분에 살고 있는 것이며, 이것이 인간적인 거죠. 그런데 나는 순수한 상태에서만 살 수 있어요. 누가 순수 속에서만 사냐고요? 그러나 순수 속에서 살 수 없다는 건 참을 수 없어요. 나에겐 순수와 똥 사이의 중용은 없어요. 남들은 그럭저럭 참고 살며 적응하나봅니다. 하지만 나는 너무 까다롭고 오만하며 내 생각만 하는데, 무슨 이유로 남들을 개의치 않게 되었을까요? 문제는 바로 여기에 있으며 속수무책일 따름입니다. 남들은 주어진 여건을 받아들이죠. 그들은 친지의 사망, 전쟁, 기아와 같은 대재난의 경우에만 슬퍼하지요. 고백하건대 나도 이런 사태에 흥미를 느껴요. 아마 파렴치한 태도겠지만 이런 것이 나를 무기력에서 구출해주거든요. 나는 조바심과 희열 속에서 가정부가 가져다주는 신문을 기다립니다. 그러곤 신문에 달려들어 전쟁, 잔혹한 사건, 화재, 우리를 질식시키는 대기오염의 증가 등 신문의 머리기사를 읽노라면, 불건전한 방식이긴 하나 희열을 느낍니다. 두려움과 흥미의 칵테일 같은 느낌. 이러면서 아침마다 삼십 분가량은 족히 보낼 수 있지요. 이런 것이 생동감을 주고 가슴을 뛰게 합니다. 기사를 읽은 후에는 낱말 퀴즈를 봅니다. 이걸로 또 한 시간을 보내지요. 그리고 아페리티프를 마시고, 점심을 먹고, 낮잠을 잡니다. 그후 두세 시간은 보내기 힘들지만, 저녁때가 되면 식사를 하고 집에 돌아와 깊은 수면에 빠집니다. 다음날 아침은 똑같은 고민. 커피를 마시고 정신을 차리곤 똑같은 일과. 아무튼 나도 하루 일과를 꾸려나간다는 점을 알아주세요. 그러나 그 무엇보다도 놀라운 건 내가 존재하고 사물이 존재한다는 것이며, 무한을 파악할 수 없다는 무력감이 뒤따른다는 겁니다. 이런 사색이 살아가는 데 필요하진 않지만, 나는 이 문제 제기를 포기하지 않아요. 물론 당신은 이런 게 진부하다 말하겠지요. 사실 그렇죠. 공포와 고통 속에서 탄생하여 종말, 퇴장을 두려워하며 살아가는 겁니다. 나는 인생의 이 두 사건 사이에 끼어 기상천외하고 부당하고 끔찍한 덫에 걸린 겁니다.

대학생은 이 모든 것이 흔한 현상이며 매우 잘 알려져 있다고 설명했다. 그리고 나는 책을 읽지 않으니 좀더 읽고 공부해야만 하고, 예를 들어 유신론자의 책을 읽으면 도움이 된다고 했다. "모든 사람들이 그런 의문을 제기한 사실을 아실 테지요. 지금 말씀하신 건 전혀 새로운 게 아닙니다." "물론 당신이야 문제점을 잘 알 테고, 독서도 했고 지식도 갖췄지만, 이 문제는 나를 온통 뒤흔들고 생생하게 와닿습니다. 당신에게 이런 문제는 교양에 속할 테고, 그 해답이 뭔지 자문하고 답은 없다고 자답하는 고민 속에서 매일 아침 눈을 뜨진 않겠지요." "그렇지만 모든 사람이 이런 문제를 제기한 걸 아시겠지요. 그리고 답을 찾지 못한 것도." "당신네들은 이 모든 문제를 단지 정리만 했겠지요. 당신네 철학자들은 이런 문제가 제기되었다는 사실, 이 주제를 다룬 논문, 서적이 있다는 사실을 알 따름이고, 스스로 의문을 제기하진 않고 당신네들 기억의 한구석에 팽개쳐두니까요." 그렇고말고. 당신네들에게 이런 건 교양일 따름이지. 사람들은 절망을 가꿔 문학, 예술작품을 만들었다. 이따위 것들은 내게 도움이 되지 못한다. 그렇다. 단지 교양일 따름이다. 혹 교양이 당신에게 인간의 절망, 비극을 피하게 했다면 다행이지.

그는 이 문제를 나중에 이야기하자고, 나더러 자기를 꼭 보러 오라고 말했다. 지금은 시간이 없고, 직장 일 때문에 외출해야 한다고 했다. 나는 편집광적 노이로제 팔자이다. 항상 똑같은 말을 되씹는 게 정상은 아니다. 그는 나를 치료할 만한 사람을 안다고 했다. 형이상학적 고민이 내 경우처럼 심각할 때는 치료해야만 한다. "당신의 형이상학적 고민을 치료할 수 있는 온갖 약품이 있어요. 요새는 화학요법으로 모든 고민을 치료할 수 있어요."

그는 전화를 끊어버렸다. 이 세상에 무엇을 하러 왔으며, 나의 인간

조건은 무엇이며, 우주는 무엇인가 등을 이렇듯 끊임없이 질문하며 사는 것을 비정상으로 여기는 것이 이상하다는 생각이 들었다. 반대로 나는 아무런 생각 없이 일종의 천진무구한 무감각 속에 몸을 내맡긴 채 사는 것이 비정상으로 보였다. 다른 사람들은 모두 언젠가 모든 것이 저절로 드러나리라는 비합리적이고 묵시적인 믿음을 지녔을 것이다. 언젠가 인류를 위한 은총의 아침이 도래하리라. 어쩌면 내게도 은총의 아침이 있으리라.

수면이라는 심연에 빠지기 전 반쯤 잠든 상태에서, 몇 시간 후 새벽이 지혜와 구원을 안겨줄지도 모르고 이 새벽은 영원하리란 생각으로 미소짓곤 했다. 저녁나절엔 가끔 이런 상상을 했다. 정말 가끔. 대부분 저녁에는 이 해결될 수 없는 불치의 고정관념에서 벗어나 무감각하고 무의식적인 만취 상태로 귀가하기 때문이며, 아침으로 말할 것 같으면 나는 절대 아침에 꿈꾸거나 기원하지 않았다. 의사라면 간(肝) 때문이라고 말할 법한 쓰디쓴 회한이 있었다. 하여튼 떨쳐버릴 수 없는 쓴맛이 있었다. 다시 잠들어 수면을 연장하고, 밤과 수면이 끝나지 않도록 시도하곤 했다. 기나긴 하루가 나를 기다리고 있다는 생각에 지레 사로잡혀 승리가 확실치 않은 긴 시간 동안 권태와 싸워야 한다는 생각을 하면 끔찍했다. 하찮은 제스처, 저 벽을 바라보는 것, 꽃무늬 이불, 이 모든 것이 역겨웠다. 그러나 잔이 오기 전에 일어나야만 했다. 잔은 일찍 일어나 일했고, 나는 나의 한가함과 이러한 심리적 마비에 대해 수치감을 느꼈다. 한 발을 먼저 침대 밖으로 내놓고 다른 발을 딛고 일어서 내 몸을 짐짝처럼 들어올렸지만 곧 난감해졌다. 세수는 막노동보다도 고된 일처럼 느껴졌다. 나는 사형수처럼 목욕탕에 들어간다. 그 안에서 삼십 분가량 보낸다. 예전에는 냉수로 씻었는데, 이젠 불가능한 일이 돼버렸다. 나는 항상 일종의 공포를 느끼며 욕조에 들어간다. 이는 아마 물에 대한 나의 매우 오래된 공포를 상징하리라. 물이 가득 찬 욕조가 일종의 무덤 같다는 느낌이 든다. 물속에 들어간다는 것은 곧 생매장이었다. 그리고 면도도 해야만 했다. 이 고역을 시작하기 전 잠시 거울 속의 내 얼굴을 들여다본다. 얼굴을 손으로 쓰다듬는다. 벌써 희끗희끗해지기 시작한 뻣뻣한 수염이 느껴진다. 얼굴을 들여다보면 마음에 들지 않는다. 코는 너무 크고, 무표정한 푸른 눈 하며, 얼굴은 좀 퉁퉁하고, 이발소에 자주 가지 않은 탓에 너무 길고 아무렇게나 빗은 머리, 귀도 너무 크고, 퉁퉁한 볼에 파인 주름살을 보자니 누구도 나처럼 생기진 않았을 테고 내가 유별나다는 걸 누구나 알아차릴 수 있을 것 같았다. 이 유별난 점이 불리했다. 하지만 내 얼굴에 비정상적인 구석이 있는 것은 아니다. 남과 꼭 같지는 않지만 다를 바도 없다. 유별난 내 성격이 피부를 통해 드러날 수는 있겠지. 그렇다고 해서 거리에서 나를 외면한다든지 유심히 보려고 고개를 돌리는 사람도 없었다. 아, 있다. 수위 아주머니, 이웃집 여자와 그 강아지, 나만 보면 고개를 절레절레 흔드는 가정부 잔, 그리고 약간의 친근감과 경멸이 섞인 유별난 태도로 나를 대하는 식당 여종업원이 있다. 일반적으로 남들과 시선을 마주치는 일은 거의 없다. 혹 나를 쳐다볼 때가 있다면, 그것은 나에게 일종의 적개심을 품은 경우이다. 그렇다. 바로 그런 거였다. 그들은 모두 내게 적개심 아니면 무관심을 품고 있다. 하지만 나 역시 그들에게 똑같은 적개심, 무관심을 갖고 있다. 도대체 내게 흠잡을 게 뭐가 있는가. 그들처럼 살지 않는 것? 내 운명에 순종하지 않는 것? 또 내가 남들을 비난할 것은 뭐가 있을까? 전혀 없다. 특히 그들도 본질적으로 나와 같다는 생각을 한다면…… 그들은 곧 나였다. 자, 바로 이것이 내가 그들을 비난하는 점이다. 철저히 타인이지 못하면서도 타인으로 남는 것. 그들이 진정 나와 다른 사람들이라면 그들을 흉내 낼 수도 있었으리라. 그리고 내게 도움이 될 수도 있었으리라. 나는 모든 이의 고민, 수십억 인류의 고민과 두려움을 몽땅 짊어진 느낌이다. 그러나 그들은 자신을 성찰하지 않는다. 일종의 무의식 상태나 자포자기, 아니면 무의식적 자포자기에 빠져 청소년기를 거치고, 성인이 되고, 늙어버린다. 여력이 있을 때는 재주껏 자기변호를 한다. 그러나 각자가 자기를 되돌아본다면 수십억 인류의 고통을 겪게 될 것이다. 이 고통, 이것은 우리 각자 속에 자리잡고 있는 것이다. 내가 보기에 바로 이것이 신의 잔인성이다. 즉 각자는 유일하며, 동시에 모든 인류에 속하며, 곧 전 인류적 존재이다. 고민, 절망, 공포가 수십억 인류에게 공평히 분배되었다면 훨씬 편했으리라. 그렇다면 우리의 고통은 모든 인류의 고통의 수십억분의 일에 불과했을 것이다. 그러나 그렇지 않았다. 한 개인의 죽음이 우주 전체의 붕괴를 야기했다.

면도도구를 준비했다. 나는 전기면도기를 쓰지 않으므로, 얼굴에 비누칠을 했다. 면도하면서 담배를 피우려고 했으나 어려웠다. 면도를 끝마치니 큰 짐을 벗은 것 같았다. 마치 역경을 극복한 듯했다. 잔이 와 있지 않았다면 거실로 달려가 술장을 열고 기분전환을 위해 코냑 두 잔을 마셨을 것이다. 그러나 잔이 있었고, 그녀가 본다면 잔소리를 할 테고, 그것이 마음에 걸렸다. 일찍 일어났더라면 좋았을걸.

내가 어디에 있는지 더이상 모르겠다. 물론 잘 안다. 여기에 있는 듯하면서 동시에 없는 느낌이 든다. 모든 것이 움직이고 움직였다는 느낌이 든다. 이 묘한 변화는 쉽게 즉각 감지되지만 단어로 설명할 수는 없다. 이것은 내 집, 똑같은 내 집이고 같은 소파, 같은 의자, 같은 양탄자였으나, 또한 같은 양탄자, 같은 의자, 같은 책, 같은 벽이 아니었다. 설명할 수 없는 묘한 느낌, 아니, 결국 나로 하여금 잘못 설명하게 만드는 묘한 느낌. 아니다. 세계는 더이상 이전과 같지 않았다. 사물의 위치, 하늘, 인간도 마찬가지였다. 나는 누구인가? 나는 어디에 사는가? 단어가 더이상 동일한 사항을 의미하지 않기 때문에 표현할 수 없다는 불안감. 나는 이동할 수 있으며, 부엌까지 가거나 계단을 내려가 신문을 사러 갔다가 되돌아올 수도 있었다. 그러나 이 모든 행위는 이미 전과 같지 않은 세계에서 일어난다.

한때는 이러한 변화가 일어났을 때 일종의 희열에 사로잡혔다. 이제는 공포다. 나는 갑자기 뿌리째 뽑혀 다른 세계에 던져진 것이다. 어떻게 이 세계가 친근할 수 있을까! 어떻게 이 세계가 정상일 수 있을까! 가슴의 고동을 느끼고 호흡하는 것이 자연스럽듯이, 높이 1미터 70센티미터, 가로 1미터 20센티미터의 두 쪽 여닫이 물체가 내 앞에 버티고 있다. 그 내부에는 칸막이가 있어 내 옷이 걸려 있고 속옷이 선반에 정리되어 있다. 물론 이 물체가 무엇이냐고 묻는다면 장롱이라고 답했을 것이다. 그러나 이것은 더이상 장롱이 아니며, 나는 진정 이것이 장롱이라고 믿지 않지만, 그렇다고 다른 그 무엇도 아니다. 나는 모든 사람에게 이건 장롱이라고 답할 수도 있을 것이다. 그러나 그 단어들은 거짓말을 하는 것이다. 사물은 전과 같은 사물이 아닐 뿐더러, 단어도 전과 같은 단어가 아니었다. 단어가 허구로 보였고, 사물은 그 기능을 상실한 듯 여겨졌다. 나는 어떤 사물을 사용하지만 그것은 내가 사용하라고 만들어진 것이 아니고, 심지어 아무런 쓸모도 없는 것처럼 느껴졌다. 마치 나는 건드릴 권리조차 없는 것 같았다. 어떻게 사용해야 할지 모르는 낯선 세계, 그 어떤 쓸모도 있을 수 없는 세계 속에 빠진 듯하다. 내 것은 아무것도 없고 있을 수도 없는, 우리 세계의 이면에 있는 평행한 세계. 나를 어디에 데려다놓았는가? 세상이 뒤집혔다. 모든 것이 뒤바뀌어버렸다. 나는 다른 세계에 있다. 마치 다른 세계에서 태어난 것처럼 사물의 의미와 기능을 다시 배워야만 했다. 그러나 기능이 사물의 본질을 드러내지는 않는다. 나를 둘러싼 것, 그것은 별개의 것이었다. 그리고 나 자신도 달라졌다. 바닥이 주저앉지는 않을까? 나는 모든 것을 거부했다. 혹시 내가 거부당하지는 않을까? 어디에서? 이 어디에서는 또 무엇일까? 책을 펴고 한때는 평범하고 일상적으로 보였던 것을 읽노라면 이 일상적이고 평범한 것이 돌연 설명 불가능한 것으로 변한다. 탁자를 어루만지면 이것이 왜 이렇게 불리며, 또 그 의미가 무엇일까 자문한다. 나는 어디에서 왔을까? 나는 누구일까? 내가 이런 상태에 빠지는 원인은 공포심

내지는 일종의 불편함이었다. 제자리에 있지 않은, 제자리를 갖지 못한 불편함. 손을 흔들며 들여다본다. 이렇게 흔들면 아마도 무엇인지 모르면서 자기 손을 바라보는 아기의 상태로 되돌아갈 것이다. 이렇게 해서 발견의 희열에 빠질 수 있다면 나는 행복할 수 있으리라. 한때 발견의 희열이 있었으나 이젠 느낄 수 없다. 아무런 감동도, 희열도. 희열이란 세계가 여기 있고, 우리가 그 속에 속하고, 우리가 존재하고 내가 존재함을 초현실적으로 체험하는 데 있다. 지금은 모든 것이 사물과 나의 부재를 증명하는 듯하다. 내 몸이 사라져버릴까 두렵다. 방 안에서나 창문을 통해 주의깊게 듣고 보노라면, 비록 희미하지만 매우 잦은 지진이 일어나 지구가 금 가고 있다는 느낌이 든다. 서로 부딪치고, 어떤 심연으로 일거에 허물어져 들어가는 것이다. 현실이 점차 희박해져가는 우주. 이 무대장치 뒤편에는 뭔가가 있을까? 아니면 아무것도 없을까? 흔들리는 세계에서 나도 흔들리는 느낌. 모든 것이 존재하면서도 부재하며, 단단하고 투박하면서도 한없이 허약한 듯한 이 느낌이 야릇하다. 이 세계가 진정 존재하는 것일까? 조금만 허점이 있어도 모든 것이 수천 조각으로 부서질 수 있다. 내 몸이 조화의 눈부신 잎사귀의 일부라 생각되자 무(無)에 대한 구토가 일어난다. 그리고 충만에 대한 구토. 어떻게 버틸 수 있을까, 시간이 남아 있다면 얼마 동안이나 버틸 수 있을까? 아마도 오직 순간만 있으리라.

소파에 앉아 습관적으로 신문을 들었다. 범죄, 경범죄, 광고, 영화

광고, 즉 무(無)이다. 그런데 이 무가 어떻게 이토록 무겁게 짓누를 수 있으며, 또한 이 짓누름이 어떻게 이토록 경박할 수 있을까? 지나치게 생생하면서도 비현실적인 이 느낌. 진흙으로 만든 이 세상, 이 무대장치는 언제라도 다른 것으로 바뀔 수 있다. 나도 역할 하나를 맡을 이 무대를 상상해보았다. 작가일까 혹은 단순한 역할일까. 조심스럽게 일어나 모자를 쓰고 외투를 걸쳤다. 기우뚱거리며 계단을 내려갔다. 담장이 무너져 나를 깔아버릴까봐 혹은 일시에 사라져버릴까봐 두려워하며, 담장을 짚고 비틀거리면서 거리를 지나 식당에 갔다. 종업원 아가씨가 나를 쳐다보더니 내 눈의 초점이 흐리고 어디 아픈 것 같다고 말했다. 그러나 정작 초점 없고 얼빠진 표정을 짓고 있는 건 바로 그녀인 듯싶었다. 나의 전용 식탁, 전용 의자에 몸을 내던지고 창밖을 보았다. 안개 속에 파묻혔다가 다시 나타나곤 하는 행인의 희미한 그림자를 바라보았다.

"오늘도 별로 안색이 좋지 않으시군요, 선생님."

"오늘도. 아니, 지난날들보다 더. 지난날들이 존재한다면……"

"지난날들은 존재했어요. 그리고 존재할 거고요. 선생님은 안개 속을 헤매시는 것 같아요."

"당신은 안개야."

그녀가 날 빤히 들여다본다.

"도대체 무슨 일이세요? 의사에게 진찰을 받으셔야겠어요."

"당신은 스스로 존재한다고 확신해요?"

아가씨의 눈이 휘둥그레졌다.

"그렇고말고요. 날 겁주려고 그러세요? 선생님도 존재해요. 장담할 수 있어요."

"저 모든 것의 이면엔 아마 아무것도 없겠지."

나는 손가락으로 창, 담장, 거리를 가리키며 말했다.

"저 뒤에 뭐가 있기를 바라세요? 저게 다예요. 저게 전부라고요."

"저것뿐이라고 생각하시나? 저것만으로는 불충분하지. 대단치 않단 말이야. 저게 어떻게 지탱할 수 있어?"

그녀는 조금 겁에 질렸다. 그녀는 나를 무척 좋아하지만 언제나 내가 좀 돌았다고 믿고 있었다.

"선생님은 항상 몸뚱어리라는 껍질 속에서 불편해하시는데, 대답 좀 해보세요. 저 역시 껍질을 가졌다면 그게 무얼 의미하는지 제가 모르는 채 산다고 장담할 수 있으신지."

그녀는 황급히 가더니 코냑을 가져왔다.

"드세요, 도움이 될 거예요. 기분이 다시 좋아질 거예요."

코냑 한 잔을 단숨에 들이켰다. 몸이 조금 달아오른다. 나는 아가씨에게 물었다.

"이런 게 오랫동안 지속되리라 믿어요?"

"이런 거라니요?"

"이 모든 것 말이오!"

"하루아침에 사라지진 않겠지요. 안심하세요. 아직도 꽤 많은 시간이 남아 있어요. 우리가 없어지더라도 이 모든 건 여전히 버티고 있을 거예요."

"더이상 버티지 못할 땐 그 자리를 대신할 무엇이 있을까요? 또다른 뭔가가 있기는 할까요? 모든 것이 사면팔방으로 사라져가는 걸 알겠지요? 아니지, 당신은 못 느끼겠지."

"전 이대로가 좋아요. 전 일을 열심히 해요. 일을 하면 할수록 일거리가 늘어나죠. 일이 적어진다면 좀 편해질 수도 있겠지요."

"그러면 어떤 일이 일어날까요?"

"아무도 대답할 수 없는 질문을 하시는군요. 전 그런 것에 대해 생각해본 적이 없어요. 앞으로도 생각하지 않을 거고요. 선생님은 인간들에게 겁을 먹고 있는데, 오히려 선생님이 그들에게 겁을 주고 있어요. 그들이 선생님을 두려워하는 거지요. 선생님은 신경쇠약에 걸릴 거예요. 하지만 대단치 않죠. 나을 수 있어요. 자, 여기 두 잔째 코냑이 있어요. 의사를 만나러 가세요."

"의사들도 병들어 있다고 생각하지 않아요? 우리 모두 앞으로 시간이 얼마 남지 않았고 모두 죽으리라는 걸 알고 있는데, 죽음을 생각하고 고민하면 의사들은 미쳤다고 말해요. 가둬야 할 사람은 바로 그들입니다. 정상적으로 생각하는 사람은 바로 나죠. 그들이 비정상이에요."

"감자튀김과 스테이크를 갖다드릴게요. 드시고 기운을 차리세요."

"고기를 잘 익혀줘요."

나는 식당으로 들어오는 손님들을 바라보았다. 그들은 편안한 표정을 지으며 자리에 앉는다.

"저들이 모두 투명한 관(棺) 속에 갇힌 걸 모르겠어요?"

모두 나를 쳐다보았다. 종업원 아가씨가 다가와 낮은 목소리로 말했다.

"조용히 하세요. 당신을 가둬버릴 거예요."

"가두다니, 난 이미 갇혔어요. 모든 사람들처럼. 너무 갇혀 있고 동시에 너무 열려 있어요. 유리관은 눈에 보이지 않는단 말입니다."

등 뒤로 시선을 느끼며 식당에서 나왔다. 꽤 멀리 떨어져 있어서 아직 탐험을 하지 않은 광장 쪽으로 향했다. 족히 2킬로미터는 될 것이다. 광장은 오래 전부터 있었을까, 아니면 최근에 생겼을까? 광장은 인파로 북적거렸고 여기에서도 싸움이 벌어졌다. 한복판에서 두 패로 갈려 싸우는 군중에게 경찰이 짓눌려버렸다. 욕설과 주먹질이 오고 갔다. 곤봉으로 머리를 친다. 머리통이 깨지고 터져 머리의, 보이지 않는 유리상자의 골이 튀어나온다. 그들은 서로 칼부림을 했다. 어떻게 한결같이 세 명이 한 명을 공격하게 되었는지 모르겠다. 광장에는 시체가 널려 있었다. 광장으로 통하는 모든 길을 통해 경찰이 가득 찬 버스가 도착했다. 그들도 철모를 썼고, 투명한 유리 관 속에 있었다. 나는 군중 속에 뛰어들어 소리쳤다.

"당신들은 이미 관 속에 들어갔어요. 성급히 싸우지 마세요. 그리 바쁘십니까? 왜 그리 조급하십니까? 잠시 후엔 아무도 살아남지 못해요."

아무도 내 말을 들으려 하지 않았다. 광장과 인도 위에 기이한 난장판이 벌어지기 시작했다. 자동차, 트럭과 더불어 머리통이 부서져 날아갔다. 나는 소리쳤다.

"소리 없이 편안하게 파멸할 수도 있고, 좀더 부드럽게 죽을 수도 있습니다. 자, 선택은 자유예요."

싸움꾼들 한복판에 들어가 군중과 휩쓸렸다. 나는 얻어맞진 않았다. 그들은 내가 보이지 않는 것 같았다. 나는 그들에게 유령에 불과했다. 그들 역시 유령이지만 난폭했고 흥분해 있었다. 나는 그들의 팔과 다리를 잡으려 했고, 곤봉, 방패, 투구로 무장한 경찰이 싸움판에 끼어들었다. 누가 누구인지 모를 상황이었다. 만인이 만인의 적일 따름이었다.

나는 광장 중앙에 있는 동상의 계단으로 올라갔다. 그곳에서 소리쳤다.

"내 말 좀 들어보세요. 화해하세요. 내가 중재하리다. 해결할 수 있어요. 당신들은 해결할 수 있어요. 함께 토론해봅시다. 모든 게 원만히 해결될 수 있어요."

전투중인 사람 가운데 나에게 동조하는 사람은 한 명도 없었다. 내 주위에서는 여전히 시체가 나뒹굴었다. 나는 다시 소리쳤다.

"모든 것이 원만히 해결될 수 있습니다. 대표자를 뽑으세요. 당신들이 대표자에게 의견을 제시하세요. 알겠어요, 이해합니다. 화해를 전혀 원치 않으시는군요. 뭐가 그리 급합니까? 왜 그리 서두르세요?"

나는 허공에 대고 말하고 있었다. 텅 비고 동시에 충만한 허공에 대고. 나는 허공 속에서 말하고 있었다. 혹은 지나친 충만 속에서. "나도 당신들과 다를 바 없는 사람입니다. 같은 언어를 쓰잖아요."

나는 같은 언어를 쓰고 있지 않았다. 나는 동상을 껴안고 매달린 채 소리쳤다. 저들은 적어도 나를 보고 들을 수 있었을 것이다. 나는 목소리가 매우 컸고 팔다리가 길었다. 저들은 나를 허수아비 취급한 것이다. 아니, 나를 아예 무시했다. 저들은 나를 보지 못한 게 틀림없다.

오직 경찰 한 명이 물었다.

"거기서 뭘 하는 거요?"

그러곤 다시 머리를 깨려고 돌아갔다.

나는 슬그머니 그들 사이로 내려가 몇 사람의 소매 끝을 잡아당겼다.

"당신들은 미쳤어요. 그렇지 않다면 뭘 원하는지 말 좀 해봅시다. 내가 해결하리다."

그들은 곧바로 나를 뿌리쳤다. 그중 한 사람만 말했다.

"미친 건 당신이야. 우리가 우리의 권리를 위해 투쟁하는 걸 모르시오!"

다른 자가 소리쳤다.

"우리의 자유를 위해서!"

도대체 무슨 권리냐고 물어보았다. 어떤 유형의 자유를 요구하는지 물어보았다. 아무도 대답하지 않았다. 그들 역시 머리통을 깨는 싸움판으로 되돌아갔다.

유리 조각과 선혈이 낭자했다. 점점 격렬해졌다. 사면팔방에서 쉴 새없이 인파가 몰려들었다. 자기 집 발코니에서 뛰어내리는 자들도 있었고, 지붕에서 홈통을 타고 내려오기도 했다. 이 군중 속에서 나만 수수방관하고 있었다.

"이건 아주 간단한 일이야. 쉽게 해결할 수 있을 거야."

다른 자가 소리쳤다.

"그렇다면 이렇게 꼬이진 않았을걸."

머리통이 깨져 나뒹구는 자들의 표정은 멍청한 행복감이 넘쳤고,

그 머리를 깨는 자들의 표정은 승리감에 도취해 있었다. 깬 자들도 나중에는 깨지곤 했다. 마침내 한 작달막한 사내가 내게 다가오더니 말했다.

"당신은 이게 내란이라는 것을 모르는 모양이구먼."

그는 다시 칼부림을 계속했다.

그것은 결국 내란이었다. 그자는 내가 다시 소리치는 것을 귀담아 들었다.

"즉 당신들은 살인을 원한다는 거요?"

"우리도 더이상 참을 수 없다는 소리요."

"제도를 갈아치우면 됩니다. 하긴 그것만으론 충분치 못할 거요."

나는 계속 소리를 질렀다.

"제도를 갈아치워도 당신들에겐 충분하지 않아요. 모든 제도, 모든 사회, 다 돼먹지 않았지요. 신문을 보세요. 좋은 게 있습니까? 좋은 사회가 있습니까? 전쟁, 그것은 잔치죠. 당신들이 원하는 건 바로 이 잔치지요."

난 계속 소리쳤다.

"아세요? 멕시코에서 유일하게 흥겨운 노래가 혁명가라는 사실을? 이쪽 저쪽 모두 혁명을 원하지요. 무엇을 위한 혁명인지, 반대하는 혁명인지 아닌지는 중요치 않지요. 죽이고 죽을 수만 있다면. 나는 인생이 존재하지 않는다는 걸 압니다. 아무것도 진정으로 존재하지 않는다는 것도 압니다. 이 모든 것이 꿈틀거리고 서로 쌈박질하는 것도 이해합니다. 비존재란 처절하지요. 우린 사는 게 아닙니다. 이상합니다. 인생이 존재한다는 것을 증명하기 위해 죽고 죽이니 말입니다. 한데 아무것도 없어요. 존재하는 건 아무것도 없단 말입니다."

나는 온힘을 다해 소리쳤다. 주위를 둘러보고 아무도 없음을 알았다. 텅 빈 광장. 시골마을의 장터처럼 보이지만 대도시의 대광장. 남녀가 섞여 쌈박질하는 걸 보았는데? 경찰 버스도 보지 않았는가? 땅위를 넘쳐흐르던 피는? 전쟁 찬가와 축제의 노래를 들었는데? 그 괴물 같은 자들은 어디로 갔을까? 그리고 그들의 웃음은?

한 늙은이가 다가와 말했다.

"댁이 보았다고 믿는 사건은 거의 두 세기 전에 일어난 것일세. 이 광장은 분명 '혁명광장'이라 불리지. 미래의, 곧 다가올, 그리고 가능한 혁명을 위한. 집으로 돌아가시게나. 모든 게 항상 이렇게 끝나지. 우리는 오늘날 또다른 제도에 대항하여 투쟁하려고 하지. 그것은 현재를 위한 게 아니야. 내일을 위한 것일 거야. 어제일 수도 있고. 내겐 여기서 싸워서 머리가 깨진 조상이 하나 있지. 또다른 조상도 같은 장소에서 똑같이 싸웠는데, 그분은 한참 후에 죽었다네. 집에서 죽었지. 집에서 말이야. 마라가 독살했다고 하더군. 한데 그건 제도나 정치 때문이 아니었어."

그 늙은이는 내 팔을 붙들고 광장 끝까지 끌고 갔고, 나는 식당으로 향하는 길로 되돌아올 수 있었다.

방금 들은 소음에 넋이 빠지고, 깨진 유리 조각과 나자빠진 시체에 겁을 먹고, 얻어맞는 자들을 보고 분개심을 지닌 채 식당 문을 밀었다. 안에는 여태껏 남아 있는 종업원 아가씨 말고는 아무도 없었다.

"유리 관 속에 갇힌 손님들은 어디 있지? 혁명으로 죽었나?"

그녀는 불안한 시선으로 나를 바라보았다.

"식사하고 가버렸죠. 말다툼이 있었는데, 혹시 어디 가서 서로 죽였는지도 모르고요. 아마도 오늘 저녁에 마시고, 떠들고, 먹으려고 다시 오겠지요. 싸우는 소리는 못 들었어요."

"그 소리만 들렸어요, 싸우는 소리만. 이것 좀 봐요. 내 손이 피투성이지. 그런데 난 아무도 살해하지 않았어요."

"그건 페인트 자국일 뿐이에요. 금방 칠한 벽에 손을 짚으셨을 거예요. 손 좀 내미세요. 젖은 행주로 닦아드릴게요."

그녀는 무한한 동정심을 갖고 나를 바라보았다.

"큰 충격을 받으셨어요. 신경이 더이상 버티지 못하고 있어요."

"충격을 받아 미친 것은 당신이오. 당신 주변에서 무슨 일이 일어나는지 모르고 있군요. 나 역시 극히 일부분, 아주 조금만 알고 있을 따름이오."

"선생님은 너무 홀로 사세요."

"나는 사람들에 둘러싸였소. 군중에 둘러싸인 거지. 군중, 아니면 무(無)일지도."

그녀는 내 손을 문지르며 다시 말했다.

"선생님은 너무 외로우세요. 정말 외톨이예요. 선생님에겐 여자가 필요해요. 제가 괜찮으시다면……"

그녀는 내게 입을 맞췄다. 내가 먼저 해야 했다는 생각이 들었다. 그러나 얼마나 감미로웠던지. 그리고 그건 진짜 같고 현실 같았다.

그녀가 내 집에 들어앉았다. 침대는 충분히 넓었다. 그녀가 들어갈 자리는 있었다. 아침햇살에 비친 여인의 벗은 가슴을 보면 매우 흐뭇했다. 가끔 그녀는 공포심을 불러일으켰다. 나는 밤에 불면증이 있었고, 그녀는 잠만 들면 가볍게 코를 골았고, 잠옷을 풀어헤친 채 다리를 벌리고 잤다. 여인의 성기는 항상 복부 밑 다리 사이에 생긴 일종의 상처처럼 보였다. 어떤 심연, 유독 치유할 수 없는 크고 깊게 열린 상처 같은 것. 그것은 항상 연민과 공포를 동시에 불러일으켰다. 심연, 그렇다, 그것이었다. 그녀를 다정히 덮어준다. 그녀는 깨지도 않는다. 그리고 나는 몽유병 환자처럼 방 안을, 아파트 안을 서성인다. 담배를 끊었던 나는 지칠 때까지 줄담배를 피우면서 그녀의 상처를 잊으려고 애쓰며, 가급적 거기서 멀리, 내게 마련된 침대 한 귀퉁이 그녀 옆에 자리잡는다. 결국 침대 오른쪽에서 잠을 이룰 수 있었다.

고된 식당 일에도 불구하고 그녀는 집안일도 떠맡았고, 그래서 나는 가정부를 내보냈다. 이웃 사람들도 여자가 내 집에 드나드는 걸 보고 다소 안심하는 눈치였다. 그들은 내 곁을 지나가면서 좀더 경쾌하고 행복하고 안도하는 미소를 지었다. 그들에게는 내가 좀더 정상적이고 덜 불안한 인물로 비쳤다. 얼굴에 밴 피곤기에도 불구하고 건강미 넘치는 미소를 지닌 이 여자가 나는 마음에 들었다. 그녀는 아침에 욕조에서 노래를 불렀다. 나는 노래라곤 전혀 부르지 않는다. 휘파람조차 불지 않는다. 나는 정당화될 수 없는 고통에 사로잡혔었다. 나에게는 건강이나 규범성이 정당화될 수 없었다고나 할까.

그녀보다 일찍 깬 아침이면 오랫동안 느껴보지 못했던 일종의 심오한 희열을 느꼈다. 반쯤은 밝고, 반쯤은 어두컴컴하고, 그늘지고 어슴푸레한 색깔의 매우 아득한 추억이 되살아났다. 그것은 시간상으로는 매우 멀지만 동시에 한없이 가깝고, 아주 묘하고, 친근하기도 하고, 매우 진실하고, 진실하지 않고, 그러니까…… 아주 옛날에, 한때…… 그러곤 뭔가 사건이 있었고…… 이제는 기억할 수 없지만 무슨 일인가 일어났다. 이 희미한 영상 앞에서 일종의 소용돌이가 쳤다. 가끔 나와 그녀, 우리가 새로운 세계의 초석이 아닐까 생각했다. 회복된 세계. 구멍이나 균열이 없는 세계. 신의 성공작일 법한 확실한 세계. 박식한 친구가 말하길, 카발라에 의하면 신도 우주를 창조하기 위해 스물일곱 번이나 실험을 거듭했다고 한다. 이번이 스물여덟번째일 테고, 그중 가장 덜 실패작일 듯했다. 그 전의 창조물은 어떠했을까? 그는 언제쯤이나 성공작을 낼까? 신은 이미 그것을 포기했고, 우리를 무의 수렁에 내동댕이친 느낌이 들었다. 우리는 이 완성된 우주에 속하게 될지 확실하지 않은, 위태로운 한 조각 섬에 불과하리라. 어떤 소리가 들리기도 한다. 새벽녘 그녀가 아직 자고 있을 때 꽃과 화관으로 장식하고 수많은 명패를 단 장엄한 장례 행렬이 창가 아래를 오고 갔다. 실크해트를 쓴 키가 큰 흑인 남자들과 얼굴을 검은 천으로 가리고 상복을 입은 귀부인들이 지나갔다. 한 번은 내가 그녀를 깨웠다. 나는 그녀에게 소리쳤다.

"이리 와서 봐. 창밖에 지나가는 걸."

그녀는 반쯤만 깬 채 일어나 내다보더니, 나더러 눈뜨고 꿈을 꾼다고 하고는 다시 드러누웠다. 어떤 때는 몇 주 내내 아무리 기다려도 아무것도 지나가지 않았다.

그녀가 일어나 재빨리 씻고 출근할 때, 나는 그녀의 갈라진 손바닥을 외면할 수 없었다. 나는 느긋이 시간을 갖고 그녀가 출근하기 전에 약간의 코냑이나 럼주를 섞어 준비해놓은 밀크커피를 마시고 천천히 옷을 입는다. 아페리티프를 마시는 한창 바쁜 시간에 나는 딴 사람 같은 그녀를 다시 본다. 그러곤 식사를 한다. 그녀의 표현대로 친구를 만나거나 한 바퀴 산책을 하는 무기력한 시도를 해보지만, 여의치 않아 집으로 되돌아와 저녁 아페리티프 시간을 기다렸다가, 식당에서 식사를 하고 둘이 함께 집에 온다. 그녀는 가끔 선의의 충고를 늘어놓았지만, 그것이 점차 줄어들어 대체로 우리는 아무 말도 하지 않게 되었다. 우리는 팔짱을 끼고 거리를 지나 계단을 올라 집에 들어온다. 나는 무심히 신문을 뒤적이다가 그녀를 원하는 욕망에 사로잡혀 그녀가 옷을 벗기만 기다린다. 열에 들떠 그녀 곁에 눕는다. 정사는 마치 심연 속에 투신하는 것, 절망의 한 형태, 죽음에 순응하는 한 방식 같았다. 그리고 우리는 곧장 잠들었다. 그러나 나는 금세 다시 일어나 담배를 손에 든 채 아파트 안을 서성거렸다. 한 가지 고민이 나를 괴롭혔다. 이 여자가 얼마 동안이나 이러한 삶을 버틸 수 있을까? 얼마 동안이나? 그녀는 아주 건전한 여자인지라, 의사가 말하는 내 신경쇠약 증세를 오랫동안 참지는 못할 것이다.

가끔 그녀에게 직장을 그만두라고 권했다. 그러다가 그만두었다. 그녀는 아무것도 요구하지 않았지만, 내게는 그녀를 보살필 능력이 남아 있었다. 그러나 그녀와 내가 새로 태어난 아담과 이브인지는 확실치 않았다. 그것은 얼마나 막중한 임무인가? 그 생각을 하면 내가 마치 새로운 아틀라스가 될 것 같은 느낌이 들었다. 그리고 그 임무가 수세기 동안이나 지속되리라는 느낌이. 나는 카인을 낳아야 한다는 생각에 기겁을 하곤 했다. 우울한 때에는 종말이 가까운 이 시점, 쉽사리 마무리지을 수 있는 이때에 모든 걸 다시 시작하고자 하는 게 얼마나 어리석은 생각일까 자문했다. 또한 있었을 법한 일, 혹은 누리지 못한 것들에 대한 아쉬움도 있었다. 우리가 주의를 기울이지 않았거나 사는 방법을 모르는 채 일상에 몸을 내맡긴 탓에 수많은 행위, 모험, 사랑, 이런 것들이 우리를 비켜갔다. 결국 이 모든 것은 풍상에 불과하다. 유년기의 엄청난 독서에 기인한 회상일 따름이다.

식당 아가씨가 곁에 있는 것이 당장은 무한한 도움이 되었다. 그녀의 튼 손을 보면 가슴이 아팠으나 조금만 가꾼다면 아름다워지리라. 그녀는 키는 작았지만 꽤 예뻤다. 얼굴은 좀 투박했지만 긴 눈썹, 아름다운 검은 눈을 지녔다. 죽을 때까지 평생 내 곁에 두어 그녀는 허리가 꼬부라지고 나는 지팡이를 짚고 비척대는 모습을 상상하면 끔찍했다. 창밖을 내다보기만 하면 알 수 있었다. 지팡이를 짚고 꾸부정하게 거리를 지나는 수많은 늙은이들. 이들은 모두 어디 먼 곳의 모임에라도 가는 것일까? 경로잔치가 생각났다. 그들은 콜록거리며 인생은 아름다웠다고 말하고, 연금 인상뿐만 아니라 근로세계에 끼게 해달라고 주장했다. 나는 그들보다 늙었다.

내가 식당 아가씨에게 좀더 멋진 인생을 줄 수 있으리란 생각과 더불어 이런 모든 생각이 뒤섞였다. 무엇을 해야 하나? 지금으로선 잘 되어가고 있으니 말이다. 아니, 그럭저럭 되어간다. 내일 우리는 알 수 있으리라. 그녀나 나나 어쩌면 갑작스레 죽어버릴 수도 있다. 특히 그녀가. 나는 사고로 죽을 수 있다는 사실이 불안했고, 그래서 횡단보도를 지날 때에는 오랫동안 머뭇거렸다.

그녀가 깨어났을 때, 나는 그녀에게 활짝 웃어 보이며 호탕하게 말했다. "오래 전부터 말하고 싶었는데 돈은 충분해. 일하러 가지 않아도 되겠어. 나 돈 충분하다는 거 알잖아."

그녀는 오래 전부터, 동거를 시작할 때부터 내가 이런 제안을 하기를 기다렸다고 대답했다. 지금은 내가 그랬듯이 그녀도 망설이고 있었다. 신경쇠약 환자와 함께 사는 것이 그녀에게는 힘든 일 같았다. 나를 보살피고 항상 위로한다는 것이 쉽지 않았다. 그렇고말고. 그녀는 차라리 일을 하며 아무런 의무감을 갖지 않길 원했다. 또한 그녀는 나와 함께 오래 살지 못할지도 모른다. 어떤 사람이 그녀에게 다른 일자리를 약속한 모양이었다. 더욱이 그녀는 그 어떤 사람이 그리 싫지 않은 것 같았다.

"날 떠나려고? 곧?"

나는 엄청나게 쓰라린 회한에 사로잡혔다. 내 곁에 행복을 두고서도 또다시 그것을 망쳐버렸다. 운명이 기꺼이 나를 도왔고 신이 천사를 보냈지만, 나는 그것을 뿌리쳤고 알아차리지 못했다. 정원에, 거리에, 내가 보지 못했던 생명의 샘이 분명히 널려 있었다. 틀림없이 있었다. 거리에 나서서 그것을 우연히나마 잡기 위해 팔을 벌렸다. 세상은 메말라 물 한 방울조차 없었다. 행인은 내게 욕설을 퍼부었다. 그러나 나는 생명을 찾고자 하는 절망적 희망을 안고, 그리고 곧 버림받으리라는 절망 속에서 계속 걸었다. 정신이상자와 함께 사는 것, 그것은 힘든 노동보다 고돼요. 그녀가 내뱉은 이 말이 항상 귓가에 맴돌았다. 식당에 가면 그녀는 아무 일도 없었다는 듯 여전히 그곳에서 접시를 날랐다. 나는 이중인생을 사는 듯했다. 즉, 한편으로는 일종의 끝없는 일상 속에서 뭔가 지속되었고, 다른 한편으로는 어떤 변혁이 일어났다. 커다란 구멍이 뚫렸다. 식사가 끝나면 습관대로 그녀를 기다렸고, 우리는 습관대로 함께 귀가했으나 그녀는 아무 말이 없었다. 그녀의 표정도 달라졌다. 석상의 그것, 비밀을 감추고 있는 조각상의 표정이었다. 그녀가 직장을 떠나리라는 사실을 알게 된 것은 식당 손님 중 한 명을 통해서였다. 그날 저녁에도 우리는 아무 말 하지 않았다. 나는 말 한마디, 눈길 하나까지 유심히 눈치를 보았다.

그녀가 결별을 선언한 것은 다음날 아침 식사를 하면서였다. 나는 잠을 자는 둥 마는 둥하며 혼란스럽고 끔찍한 꿈을 꾼 매우 뒤숭숭한 밤을 보낸 터였다. 선언을 들을 때 이미 이별 분위기 속에 빠져 있던 셈이다. 발밑의 세계가 급격히 사라지고, 그것을 붙잡으려고 숨 가쁘게 뛰어다니는 꿈을 꾸었다. 심연 위에 걸쳐진 외나무다리 위에 있었다. 날아가고자 했지만 가시덤불과 짐승 속에 육중하게 추락했다.

"가슴 아프군."

결국 한마디만 웅얼거렸다.

"당신 가슴을 아프게 하는 것이 나도 가슴 아파요. 당신은 말이 없었어요. 당신의 생각 속에 푹 빠져 있었죠. 그게 생각이었는지 모르겠지만. 우리들이 하는 것 같은 그런 생각이었는지 모르겠지만 말이에요. 당신은 미치진 않았지만 그렇게 보여요."

"그건 내가 옳기 때문이야…… 내가 보고, 생각하는 사람이기 때문이야. 당신한테 어떻게 설명할 수 있을까? 당신은 식당이나 거리에서, 그리고 나와 마주하고 있다는 것에 대해서 경악해본 적 없어? 이모든 것이 이상하지 않아? 이 모든 것이?"

나는 손을 쳐들었다.

"자, 보세요. 우리는 같은 부류가 아니에요. 세상을 보는 방식이 같지 않아요."

나는 사지가 마비된 듯 소파 깊숙이 틀어박혔다. 그녀가 하나둘 보따리 싸는 것을 바라보았다. 구석방 옷장 문을 세차게 닫는 소리가 들렸고, 그녀가 다시 돌아와 가방을 챙겼다. 나는 안중에도 없는 것 같았다. 나는 그녀가 트렁크 닫는 걸 도와주었다. 결국 그녀가 입을 열었다.

"결정하기 힘들었어요. 그러나 당신이 너무…… 당신이 너무 지나치니까. 나와 함께 있으면 당신의 병이 나으리라 믿었어요."

"무슨 병?"

"날 이해해주세요. 그래도 난 당신을 사랑하고, 영원히 그럴 거예요. 난 당신의 침묵, 표정, 놀란 짐승 같은 당신의 눈을 견딜 수 없었어요. 그리고 모든 건 끝이 있게 마련이죠."

가방을 아래층까지 내려주었다. 택시를 불렀다. 다시 물어보았다.

"식당에선 누가 날 돌봐줄까?"

"새 아가씨가 와요. 당신 이야기를 해두었어요. 두고 보세요. 착한 아가씨예요. 당신의 전용 식탁도 일러두었어요."

그 식당에는 더이상 갈 수 없고 다른 곳을 찾아야만 하리라 생각했다. 이사 갈 생각도 했지만 그것은 더 어렵겠지. 그녀는 가볍게 입을 맞추곤 떠나버렸다.

　이상하다. 마치 세계의 한 부분이 갑자기 심연 속으로 허물어져 들어간 듯하다. 지난 인생, 고색창연한 성당, 군중은 무엇이 되었을까? 모든 것이 허물어졌다. 아마도 어딘가에 있겠지만, 우리는 아무것도 모른다. 우리는 무지몽매에 빠진 자들이다.
　나는 세계의 경계선에 서 있었다. 내 앞에는 아직 창조되지 않은 우주의 까마득히 깊은 구멍, 내 뒤에는 창조물 전체가 놓여 있었다. 우주가 등 뒤에서 그 전체의 무게로 나를 심연으로 떠다밀고 있었다. 현기증! 뒷걸음치고자 했으나 움직이는 것이 두렵다. 한 걸음만 내디디면 추락. 무(無)가 날 덥석 물어삼켜 용해하리라. 눈을 감았지만 현기증과 구토를 증가시킬 따름이었다. 우주가 흔들거렸다. 이 우주는 무척 무거울까, 아니면 물거품 같을까? 어느 한순간 사라져버릴 수도, 혹은 그 육중함이 나를 깔아뭉갤 수도 있다. 나는 충만과 공허 사이에서 쓰러져버렸다.
　누군가 나를 일으켜 세웠다. 거리는 여전히 전과 같았다. 똑같은 행인들, 똑같은 집들. 젊은 사내의 강인한 팔 힘이 느껴졌다. 그가 존재함으로써 나도 존재한다.
　"선생, 모든 것이 제자리에 있는 게 놀랍군요. 모든 것이 제자리에. 도와줘서 고맙습니다."
　"항상 그랬고 영원히 그럴 겁니다. 아무것도 두려워할 필요 없어요."

"바로 그 아무것도 없는 걸 두려워해야죠."

그렇다고 땅이 꺼지진 않았다. 그의 확신이 나를 사로잡자 마음이 가라앉았다. 휘청거리던 발걸음이 당당해지고, 잠시 동안 일종의 희열감에 빠졌다. 어쩌면 무가 이미 없어졌는지도, 또는 막 없어지려는 참인지도 모른다. 혹은 시간이 그 흐름을 다해 영원 속에 녹아버릴지도. 치밀하고 단단한 현실을 만져보려고 벽에 기대어 몇 걸음 걸었다. 존재하는 것은 그냥 있는 것과 같은지도 모른다. 이 모든 것, 이 세계는 용해될 수 없는 실재이거나, 아니면 절대적 실재의 껍데기일지도 모른다. 실재를 감추고 있는 단순한 커튼일지도. 동시에 연속적으로 나타나는 수십억 개의 이미지와 목소리, 이런 모든 것은 부동의 근본적인 토대에 의해 지탱되고 있을 것이다. 이런 생각은 추측일 뿐. 이런 토대가 있기를 절망적으로 원했다. 필경 내게는 뭔가 본질적인 것이 결핍되어 있다. 나는 남들과 같지 않다. 나는 일종의 불구자, 정신박약자일까? 남들은 내 뒤에서, 앞에서, 옆에서 아무렇지도 않은 듯 걷고 있는데, 그들은 그들이 본능적으로 아는 것을 나는 모른다는 사실을 알고 있을까? 나는 홀로 매일, 매 시간, 매 순간 지속적인 공포, 악몽에 사로잡혔지만, 언젠가는 깨어나 움직이는 것 이면의 부동의 현실을 되찾으리라.

사람들이 스치고 지나가며 나를 본다. 그들은 눈을 지닌 그림자들일까? 공포심이나 안도감을 주는 시선들. 사람들이 끊임없이 지나간다.

식당에 도착했다. 내 식탁에 앉았다. 모든 게 안도감을 준다. 새로 온 아가씨는 마실 것을 내주면서 미소를 지었다. 갑자기 한 사람이 떠나고 또다시 나만 홀로 남았다는 생각이 엄습한다.

차가 시동을 걸고 그녀를 싣고 떠났을 때, 나는 넋을 잃고 반쯤은 무감각한 상태에 빠져 있었다. 이제야 그녀가 떠난 것을 완전히 의식한다. 그녀가 여기에 있었던 때, 그 시절이 존재했을까? 그 순간을 만져볼 수 있을까? 이 모든 이미지가 분명하고 이 기억이 모두 사실일까? 나는 만져볼 수 있는 것만 그럭저럭 믿을 뿐이다. 내가 살아온 것은 사실일까, 상상한 것일까? 이런 것은 더이상 존재하지 않는다. 아마 과거에도 존재하지 않았으리라. 추억이 꿈이나 환상이 아니라고 어떻게 확신할 수 있는가? 이런 모든 것은 한 줄기 증기, 연기다. 아니, 연기는 적어도 있기나 하지. 시간은 이런 기억들을 망각 속으로 무화시킨다. 더이상 존재하지 않는다. 그건 아무것도 아니었다. 아무것도 없었다.

"그녀는 당신 친구지요, 그렇죠?"

새로 온 아가씨에게 물었다.

"그래요, 그애가 곧 우리에게 소식을 알려줄 테니 안심하세요."

전채가 나오기 전에 술을 다 마셔버렸다. 다시 포도주를 주문했다. 습관대로 창문을 통해 거리의 움직임을 바라보았다. 이 모든 것, 아무것도 남지 않으리라. 존재했던 것이 사라지는 게 어떻게 가능할까? 그렇다면 그건 어디에 있었고, 있던 것은 어디로 사라지는가? 어디로 함몰되었단 말인가? 어딘가에 있어야만 한다. 그런데 먼지조차 없다. 그렇다, 무엇인가 있었다가 사라질 수는 없다. 그렇다면 더이상 없다는 것은 어떤 의미인가? 세월이 지남에 따라 뒤에 뭔가 남겨두었다는 것이다. 현재 진행중인 높다란 계단 위에서 지나온 길을 되돌아본다면 안개뿐이리라. 발걸음을 되돌려 길을 거슬러간다면 과거의 것을 다시 만지고 느낄 수도 있을 것이다. 아! 그러나 과거는 전혀 없었다는 듯이 지난날의 영상은 분해되고 만다. 누가 과거가 있었다고 증명할 수 있는가? 과거란 시체 없는 죽음이다. 먼 옛날, 옛날 옛적에······

나는 이제 혼자다. 내 불행의 무게가 느껴진다. 술을 많이 마셨다. 음식 값을 치르고 일어나 새 아가씨에게 목례하고 오른쪽으로 걸어가, 모퉁이를 돌아 길로 접어들어 집 문 앞에 이르렀다. 수위 아주머니에게 인사했다. 그녀는 잔이 떠난 것을 분명히 알아차렸다. 내게 웃어주지 않았다. 그녀는 잔이 떠난 것이 내 탓이고 내가 비정상이라고 생각하리라. 그녀는 아마 좀더 알고 싶었을 테고, 나는 그녀에게 말해줄 수도 있었다. 해명을 해야만 했을 텐데, 그냥 계단으로 올라갔다. 열쇠를 손에 쥔 채 문 앞에서 한참 망설였다. 이웃집 여자가 개를 끌고 나왔다. 나는 그냥 문을 열고 들어갔다. 그녀가 슬리퍼 한 짝을 잊고 갔다. 그것이 어두운 복도에 있었다. 하나의 흔적. 그녀가 거기 있었다. 그녀는 여기 살았었다. 만져볼 수 있는 유일한 과거. 도대체 어떻게 현재가 과거로 변할까? 시간이란 무엇인가? 허무의 공급원. 모든 것은 부동의 현실을 산출해야만 한다. 슬리퍼를 들었다. 그것은 증거였다. 외투와 모자를 벗어 어두운 복도에 있는 옷걸이에 걸었고, 거실로 가 창가의 소파에 쓰러졌다. 아파트는 세계만큼이나 황량한 사막이었다. 그녀는 아마 다른 남자를 찾아 떠났을 테고, 곧 그 남자를 만날 것이다. 나는 질투 비슷한 불쾌한 어떤 것을 느꼈다. 이상하기도 하지. 그렇다면 내가 정말 그녀에게 애착을 가졌을까? 분명 그렇다. 따라서 나는 이 우주에 애착을 갖고 있는 것이다. 생각이 여기에 이르자 기쁘기까지 했다.

　한동안 잠잠하더니 싸움이 재연되었다. 이번에는 내가 사는 거리에서 꽤 떨어진 광장에서 전투가 일어났다. 그렇지만 이 동네 사람들도 많지는 않아도 두세 명 정도 그 싸움에 끼어들었을 것이다. 해 질 무렵 머리에 붕대를 감고 돌아오는 사람 한 명을 본 적이 있다. 어느 날인가, 한시경 식당에서 점심을 먹는데 기관총을 멘 남자가 들어오는 걸 보았다. 식당 안의 손님 대다수는 그를 힐끔 보고는 식사를 계속했다. 몇몇이 카운터에서 그를 에워쌌다. 그가 파스티스 한 잔을 시키자 다른 자들도 따라 시켰다. 그는 전투에서 돌아오는 참이었다. 그가 큰 목소리로 말했다. 모두 그를 바라보며 경청했다. 그는 전투 참여의 명분을 설명했는데, 내가 보기에도 정당했다. 나 역시 이 세계를 긍정하지 않는다. 그는 제스처를 많이 쓰며 이 사회에 대해 말했다. 그는 흥분했고, 말을 할수록 더욱 흥분했다. 다른 사람들, 여자 하나, 남자 다섯은 수긍의 표시로 고개를 끄덕였다. 작고 호리호리하고 신경질적인 흑인 여자가 끝장을 내야 한다고 말했다. "다행스럽게도 아직 남자들이 남아 있으니." 그녀는 탁자에 앉아 듣지 못하거나 못 들은 척하는 사람들에게 소리쳤다. 그들 소수의 일당에 작업복 차림의 노동자 둘이 끼어 있었다. 중년의 다른 두 명은 말단 월급쟁이로 보였다. 그중 하나는 이탈리아의 사르데냐인가에서 혁명 대열에 끼어 싸웠다. 흰 턱수염을 기른 키 작은 늙은이인 나머지 한 명은 젊은 시절 무정부주의자였다. 그자는 이렇게 내버려둘 수 없다고 했다. 그는 "내가 젊었던 시절엔……"이라는 말꼬리를 붙였다. "그렇소, 지금이 아니면 영영 불가능하오"라며 기관총을 멘 사나이가 맞장구쳤다. "본때를 보여줄 거야." "변화가 있어야만 해." 남은 파스티스를 단숨에 들이켜며 노동자 중 하나가 말했다. 식당 주인이 술값을 부담한다고 하자 모두 받아들였다.

"이렇게 계속될 수는 없소."

전투에서 돌아온 투사가 소리쳤다. 나 역시 이렇게 계속될 수는 없다고 생각했다.

"당신네들 같은 사람과 함께라면……"

월급쟁이 중 하나가 말했다.

"끝까지 밀고 나가야 해. 아, 내가 당신들 나이라면!"

무정부주의자가 말했다.

"게으름뱅이들의 나라야……"

투사가 말을 계속했다.

"이젠 더 못 참아요."

여자가 거든다.

"그렇고말고. 그자들은 욕을 먹어도 싸."

모두 입을 모아 떠들었다.

"욕만으론 충분치 않아."

누군가 말했다.

"끝장을 내야 해."

다른 자가 말했다.

"그들은 제거될 것이고, 모든 이들을 위해 잘 해결될 거야."

투사가 말했다.

"그것이 정의야."

"우리는 정의로울 것이며 정의란 가혹하다는 것을 그들은 알게 될 거야."

투사가 말했다.

"퇴폐 속에서 거들먹거리는 모든 자들……"

"몰지각한 자들이지."

"그렇게 몰지각하진 않지."

투사가 내 식탁 쪽으로 돌아섰다. 그자가 유독 노리는 대상이 나인 것처럼 느껴졌다. 그가 입을 열자 나는 몸둘 바를 몰랐다.

"이러고 나면 허기가 오지. 출출한데."

흰 턱수염이 난 늙은이가 투사와 그를 둘러싸고 있던 다섯 남자에게 식당에서 식사를 하자고 제의했다. 투사는 그들 쪽으로 몸을 돌리더니 거절했다.

"나도 그러면 좋겠는데, 마누라가 식사를 준비하고 기다릴 거야. 걱정시키고 싶지 않아. 좀 쉬어야 하기도 하고. 세시에는 다시 바리케이드로 돌아가야 해."

그는 손을 쳐들어 작별하며 소리쳤다. "타도하자, 경찰!" "타도하자, 경찰!" 하고 답하자, 그는 사람들이 보는 가운데 출구로 향했다. 나는 창을 통해 거리로 나선 그를 바라보았다. 그는 화난 듯 걸어가고 있었다. 모여 있던 사람들 중 일부는 식탁으로, 나머지 세 명은 식당을 나서서 각각 흩어졌다.

왠지 께름칙했다. 별다른 신념은 없지만 뭔가 해야만 한다고 되뇌었다. 아가씨에게 주문했다.

"코냑 한 잔."

설마 저들이 집에 불을 지르지는 않겠지. 나는 내 생활을 계속했다. 벙어리를 가정부로 고용했다. 침대 정리, 청소, 내가 마신 술잔 설거지, 아파트 공기를 환기시키고 창문을 닫는 데 하루 두 시간씩 일했다. 커튼도 빨았다.

아니야, 집에 불을 지르진 않을 거야. 전투는 아직까지는 꽤 먼 곳에서 벌어지고 있었다. 거리의 행인들은 불안한 기색이 없었다. 개를 끌고 다니는 부인도 같은 시간에 외출했고, 건너편 정원 딸린 조그만 집에 사는 은퇴한 부부도 서로 부축하며 매일 간단한 산책을 계속했다. 껑다리 절름발이 백러시아계 노인도 한 손엔 지팡이, 한 손엔 빵을 들고 귀가했다. 먹을 것을 사들고 시장에서 돌아오는 사내도 눈에 띄었다. 그 사내의 부인은 장에 가지 못하는 걸 보니 중풍에 걸린 것 같다고 수위 아주머니가 말해주었다. 사람이란 모든 것에 익숙해지는 터라, 이 수위 아주머니도 내게 익숙해져서 사뭇 호의적이었다. 한데, 귀를 기울이면 멀리서 총기류의 콩 볶는 소리가 가늘게 들려왔다. 이제는 신경을 쓰지 않았다. 그러나 저녁 무렵이면 그 소리가 더욱 격렬해지는 듯했다. 가정부가 오자마자 외출하려고 느지막이 일어났다. 식사 때면 가끔 식당의 첫번째 종업원 아가씨가 생각났다. 이름이 뭐였더라? 이본? 아니, 마리? 새로 온 아가씨는 친절할 뿐 그 이상은 아니었다. 가끔 옛 여자에 대한 추억, 회한이 나를 괴롭혔으나, 점차 사라졌다. 그러나 가슴에는 구멍이 남았다. 구멍이 하나만은 아니었다. 새로 온 아가씨에게 이본인지 마리인지를 대신해주면 좋겠다고 먼저 말을 걸어볼까?

식당이 있는 큰 거리에서는 장총을 메고 활보하는 자를 두세 명 볼 수 있었다. 그들은 다른 행인들과 별다름 없이 섞여 있었다. 전투가 벌어지는 광장 쪽으로 가는 듯했다. 그들은 한가하게 산책이나 하는 것처럼 보였다. 항상 잠잠하고 전원풍인 내 동네에서는 그들을 볼 수 없었다. 하여튼 전투의 소음은 점차 가까워지는 듯했다. 주민들은 여전히 같은 시각에 외출했고, 백러시아계 노인이나 강아지를 끌고 다니는 부인은 머리를 가볍게 갸우뚱거리며 귀 기울이곤 했다. 나는 창문을 통해 그들을 관찰했다. 그들은 좀 불안하고 놀란 기색이었다. 아니면 나만 그렇게 보는지도 몰랐다. 4층의 내 창문을 통해 집들이 다닥다닥 붙어 있는 거리 너머로 필경 광장 쪽에서 비치는 듯한 붉은 광채를 볼 수 있었다.

식당에서는 손님들이 점심때건 저녁때건 여전히 접시에 코를 박고 열심히 먹었다. 투사는 더이상 볼 수 없었다. 너무 바쁜 모양이다. 부상을 당했거나, 죽었거나, 아니면 형무소에 있는지도 모르는 일이다. 어쩌면 포기했거나 여행을 떠나버렸는지도. 혹 투쟁을 해서 별로 얻은 게 없고 투쟁이 우리의 존재에 아무런 해답을 줄 수 없다고 생각한 것은 아닐까? 나는 그럴 거라고 혼자 단언했다. 무엇으로도 신비를 밝힐 수 없다. 흥분하고, 행동하고, 남들을 선동하는 자들은 그것을 통해 내가 술에서 찾는 도피나 망각을 추구하는 것이다.

어느 날 정오, 식당에 가려는데 창문을 통해 경찰 세 명에게 쫓기는 피투성이의 사내를 보았다. 그들은 모두 길모퉁이를 돌아 사라졌다. 앞집과 옆집의 창문이 열리며 머리가 튀어나왔다. 나는 아래층으로 내려갔다. 복도 끝 현관에서 수위 아주머니, 그리고 본 적은 없으나 이야기를 들어 알고 있던 백발에 주름살투성이의 이웃 수위 노파가 수군거리고 있었다. 그 노파는 평소에는 수위실에서 나오지 않았다. 그녀는 추적중인 경찰들이 "서라!" 하고 외치는 소리를 들었다. 중풍 걸린 노부인, 그녀의 은퇴한 남편, 그리고 빵을 든 은퇴한 백러시아인이 두 수위 아주머니와 함께 있었다. 비록 번잡하긴 했어도 우리 거리에서는 이런 광경을 본 적이 없었다. "도둑놈이었지"라고 은퇴한 노인이 말했다. "혁명가일 거야"라고 백러시아인이 거든다. "당신 눈엔 온통 혁명가만 보입니까! 여긴 당신 나라가 아니에요. 여긴 프랑스예요." "당신 나라에도 혁명은 있었단 말이오"라고 백러시아인이 대꾸했다. "그래, 1789년이었지. 우리나라는 이미 겪어보았으니 재발하진 않을 거야."

장바구니를 든 노인은 뭔가 매우 혼란한 상황이 벌어지고 있다고 생각했다. "그렇지만 저 핏빛 하늘과 콩 볶는 소리에 대해서는 어떻게 생각하십니까?" 사실 그 소음은 더욱 가열되어 모든 사람의 귀에 들렸다. "그것 때문에 잠을 이룰 수 없죠"라고 은퇴한 노인의 부인이 말했다. 장바구니를 든 노인이 다시 말을 이었다. "소총 소리죠. 제가 사냥

꾼이라 알 수 있어요."

내가 대화에 끼어들었다.

"그렇다면 저 핏빛 광채, 저건 뭡니까?"

두 수위 아주머니는 그 빛을 보지 못했다.

"왜냐하면 당신네들은 1층에 있고, 수위실 창이 안마당 쪽으로 났으니까요!"라고 나는 덧붙였다.

"이 모든 게 도대체 경건하지 못해요"라고 이웃집 수위 아주머니가 말했다.

"그렇고말고."

우리 집 수위 아주머니가 거들었다.

"안심하세요. 아무 일도 없을 거예요. 내 남편이 그렇게 말했으니까요."

개를 끌고 다니는 부인이 말했다.

제각기 헤어진 후, 나는 식사하러 나섰다. 모퉁이를 돌자, 식당 거리에서 무장한 네 명의 사나이가 사방을 두리번거리며 광장 쪽으로 달려가는 모습이 보였다. 그들은 방어 태세를 갖춘 모양이다. 누구로부터 방어한단 말인가? 경찰 두 명이 그곳에 있었으나 꼼짝하지 않았다. 그들은 못 본 척했다. 하긴 그들은 잡을 처지가 아니었다. 단지 교통정리만 할 따름이었다. 식당 문을 열고 들어섰다. 창가 한 구석의 내 식탁으로 향했다. 주위를 돌아보았다. 사람들이 서로 수군거리고 있었다.

"무슨 일이 있어요?"

나는 포도주를 가져온 아가씨에게 물었다.

"모르겠어요. 신문도 조용하고요."

"그렇다면 광장에서 비치는 붉은 빛은?"

아무 일도 일어나지 않고 어떤 일도 결코 일어나지 말아야 할 평화로운 이 거리의 사람들도 조금 들떠 있었다. 대다수의 주민은 늙은이들이었다. 그들이 바라는 것은 오직 하나, 편안한 죽음을 기다리는 것이었다. 나는 외부에서 벌어지는 일과는 무관한 갈등을 겪고 있었다. 아니, 차라리 외부에서 벌어지는 일이 나의 내부에서 벌어지고 있다고 하는 것이 옳겠지. 외부가 내부에 반영되기 시작했다. 혹은 그 역(逆)도. 그러나 지금에야 그것을 깨달았다.

나는 나의 불편함을 의식했다. 사실 태어날 때부터 남의 옷을 입은 듯 불편함을 느꼈다. 왜일까? 무엇이 잘못되었을까? 수많은 사람들은 죽는 그날까지 아주 만족하거나 아니면 자포자기한 채 잘 산다. 어쨌든 그들은 문제를 제기하지 않는다. 죽음을 두려워하지 않는다. 아니, 언젠가 죽어야만 한다는 사실을 생각지 않는다는 것이 차라리 맞을 것이다. 나로 말할 것 같으면, 항상 이 생각에 집착하며 살고 있다. 여자친구가 떠난 이후, 밤에 깰 때마다 공포로 식은땀을 흘리며 새벽이면 죽으리라는 환상에 사로잡힌다. "자, 주무세요"라고 말해줄 그녀는 이제 없다. 환상에서 벗어나려면 그녀를 만지거나 목소리를 듣기만 하면 되었던 일이 떠올랐다. 남들도 어쩌면 모두 같은 고민에 사로잡혀 있을지 모른다. 그들은 행동 속에서 그 처방을 찾는다. 그들이 저항하는 것을 보면 삶을 사랑하지 않음을 알 수 있다. 다행히도 사회는 잘못되어 있다. 어느 날 선한 사회가 된다면 그들이 무엇을 할 수 있을까? 그들은 더이상 사회에 반항할 수 없을 테고, 그렇다면 고통의 원인이 적나라하게 그 잔혹함을 드러내리라. 대개 고통은 상존하고, 어떤 사회도 그것을 개선할 수는 없다. 그리고 모든 사회는 나쁘다. 왜냐하면 어느 시대고 성공한 사회가 단 하나라도 있었던가? 사람들은 혁명과 전쟁 속에서 서로를 죽였다. 죽임을 당했다. 남을 위해 죽었다. 아니면 죽음을 죽이려 했는지도 모른다. 나는 불현듯 한없는 슬픔, 엄청난 비탄에 사로잡혔다. 나는 이런 감정을 전혀 의식도 못 한 채 오래 전부터 그냥 견뎌냈다. 내가 행복하지 못했던 것은 '모두 부질없는 짓'이라는 생각 탓이었다. 이 '부질없음'은 막연한 생각이었는데, 이제는 분명해졌다.

나는 이 방에서 저 방으로, 방에서 복도로, 복도에서 거실로, 그리고 광장의 핏빛 광채가 점차 분명해지는 걸 볼 수 있는 창가까지 서성이며 이 모든 것을 생각했다. 그 광채에 익숙해져서 이제 관심도 흥미도 없었다. 나를 짓누르는 건 바로 내면 풍경이었다. 오아시스 없는 사막의 황량한 풍경, 나의 과거가 눈앞에 전개되었다. 싸늘한 사막이랄까. 커다란 뚜껑의 테두리인 지평선 이 끝에서 저 끝까지 꽃 한 포기 없는 메마른 땅이거나 먼지와 진흙뿐인 사막. 내 잘못인가? 그게 나 하나만의 잘못일 뿐인가? 나는 어찌할 바를 몰랐다. 회한, 고통, 슬픔, 터무니없는 고통! 즐거움이 있을 법도 했건만, 아니, 즐거움이 있을 수 있었을까? 이 어둠침침한 오욕의 회색 빛 대신 광명이 있을 수도 있었다. 빛이 있을 수 있었을까? 사랑이 있을 수 있었을까? 있을 수도 있었다. 얼마나 많은 기회를 놓쳤던가? 여인들은 내가 사랑할

능력이 없기 때문에 나를 떠났다. 나의 마지막 기회는 이본인가 마리인가였다. 그러나 내 안에는 사랑이 있었다. 그 사랑이 내 영혼의 지하실, 감옥, 골방 속에 갇혀 있었다. 문은 자물쇠로 잠겨 있고, 내게는 열쇠가 없다. 아! 그렇다. 이 모든 것이 너무 멀리, 너무 깊숙이 파묻혀 있다. 그렇다, 허망한 일이다. 끝없는 회한이 끓어올랐다. 끝장내야만 한다. 나는 출발을 잘못했다. 출발조차 하지 못했다. 나는 분명히 모든 출발점을 놓쳤다. 이제 와서 무엇을 해야 할까? 기다리는 것. 고민 속에서 기다리는 것. 무엇을? 아! 다시 시작할 수만 있다면 나는 다시 시작하려 했을 것이다. 다시 시작하려면 우선 끝을 내야만 한다. 뭔가 기대할 만한 것이 남았는가? 내가 뭔가 기대할 수 있을까? 모든 게 끝장이다. 끝나지 않았다고? 나는 끝이라고 생각했다.

그러나 내 주위에는 수많은 사람들이 우왕좌왕하고 꿈틀거렸다. 그들의 모습은 투명했고, 먹고 자고 아무 생각 없었고, 아무 생각 하지 않기 위해 떠들어댔다.

이들은 평생 인생의 몽유병자인가? 나는 적어도 그들 중 꽤 많은 사람들이 깨어나고 있음을 보았다. 그들은 원초적인 것이 그리운 나머지 뭔가를 하고 있었다. 총을 든 자들, 이 불길, 이 총소리······

태초부터 지금까지 수십억의 인간이 있었다. 현재만 따져도 우리 인간은 30억이 된다. 수세기 동안 명멸했던 인간들을 생각하니 현기증이 났다. 무수한 무의식?

그 이튿날 아침이었던가, 다음다음날 아침이었던가, 나는 평소보다 조금 늦게 깨었다. 초인종이 울렸다. 벙어리 가정부일 터였다. 세수를 하다 말고 문을 열러 갔다. 그녀는 잔뜩 겁에 질린 듯 알아듣기 힘든 소리를 냈다. 그녀에게 익숙해져서 이해하기 시작했지만 그것은 겁에 질린 비명일 뿐이었다. 그녀는 손가락으로 창문을 가리켰다. 그쪽으로 가서 창문을 열었다. 보도 위에 한 사나이가 쓰러져 있었다. 자신이 흥건히 흘린 피 속에 빠져 죽어가고 있었다. 이웃 사람들이 그의 주위를 둥그렇게 둘러싸고 있었다. 나는 창문을 닫고 얼굴에 면도 거품을 묻힌 채로 계단을 내려갔다.

고개를 설레설레 젓고 있는 은퇴한 노부부를 밀어내고 그 사나이에게 접근했다. 은퇴한 노인이 말했다.

"이런 건 본 적이 없어."

그의 부인도 인정했다.

"이게 무슨 흉한 구경거리람! 이놈의 세상이 도대체 어떻게 돼가는지!"

수위 아주머니가 말했다.

"이런, 작년에 남편을 잃은 이 근처 과부의 아들이군!"

이웃집 수위 아주머니가 데려온 그의 어머니는 정말로 흐느끼며 아들의 몸 위에 달려들었다.

"그렇게 얌전히 있으라고 했건만. 그렇게 타일렀건만."

"요새 젊은이들은 위험이 뭔지 몰라"라고 장바구니를 든 노인이 말했다.

"불쌍한 내 새끼, 불쌍한 내 새끼."

어머니가 말했다.

120

부상자는 의식이 없었다. 스무 살에서 스물다섯 살쯤 되는 아주 연약한 청년으로, 체격은 왜소하고 밤색 머리는 약간 곱슬거렸다. 그의 전신이 경련을 일으켰다.

"저런, 끔찍해라."

사람들이 말했다.

어머니는 계속 울부짖고 탄식했다.

"사람들이 네게 무슨 짓을 했니? 그토록 온순하고 착한 너에게."

경찰차가 도착하는 순간 경련이 멈췄다. 네 명의 경찰이 내려 사람들을 거칠게 떠밀었다. 나도 팔꿈치로 맞았다.

"가시오, 가시오."

"당신들은 교통경찰 아니오" 하고 백러시아인이 외쳤다.

"입 다물고 가시오. 당신이 상관할 일이 아니오. 내 직업을 내게 가르칠 셈이요?" 하고 둘째 경찰이 그를 떠다밀며 말했다.

경찰들이 원을 더 넓혔다.

"이 여자는 여기서 뭘 하는 거야!" 하고 셋째 경찰이 아들의 시체(이제 그는 정말 죽었다)에 매달려 있는 어머니를 가리키며 말했다.

넷째 경찰이 저항하는 여인을 붙들었고, 첫째 경찰은 수첩에 뭔가를 기록했다. 그녀는 계속 울며 소리쳤다.

"내 새끼, 내 아들 레이몽."

"자, 그런다고 죽은 자식이 되살아나지는 않아요. 잘 봐요. 숨을 쉬지 않잖아요."

사망자는 셔츠와 청바지 차림이었는데, 셔츠는 푸른색이던 것이 피로 붉게 물들어 있었으며, 슬리퍼를 신고 있었다. 경찰 한 명이 그의 바지 주머니에서 잭나이프를 꺼냈다.

경찰 둘이서 여전히 아들 품에 매달려 울부짖는 어머니를 밀쳐내고 시체를 들어 경찰차 안에 던져넣었다. 다른 두 명은 보도 위에 넘어져 아들의 피 속에서 울고 있는 여인을 일으켰다. 그들이 그녀도 차에 밀어넣으려고 일으켰을 때, 그녀의 손은 피로 범벅이었다.

"자, 당신은 우리에게 설명을 해야겠소."

경찰차는 경찰들과 사망자, 그의 어머니를 태우고 출발했다.

커다란 피 얼룩이 보도 위에 펼쳐져 있었고, 사람들은 그 얼룩을 최면에 걸린 듯 물끄러미 바라보았다. 부인의 작은 개가 피 냄새를 맡고 핥아먹자 부인이 개줄을 잡아당겼다. 나는 손으로 얼굴의 면도 거품을 닦아냈다. 사람들은 요란하게 제스처를 하며 흩어졌다.

"기억하세요? 지난주에 피투성이 얼굴을 하고 뛰어가던 사람이에요."

"아니, 그 사람이 아니고 그 사람의 반대파였던 다른 사람이에요."

나는 반만 면도를 한 채 넥타이도 없이 식당으로 향했다.

"이게 인생이지. 사람은 죽기 마련인걸."

내 뒤에서 들린 소리였다.

"더 일찍 죽거나 더 늦게 죽거나 말이야!"

나는 끔찍이도 목이 탔다. 술에 대한 갈증이었다. 모퉁이를 돌아 들어갔다.

무엇인가 변해 있었다. 식당을 제대로 찾아왔는지 의아했다. 맞아, 같은 식당이야. 많은 사람들이 기관총을 의자에 기대놓고 탁자에 둘러앉아 있었다. 호주머니 밖으로는 권총의 개머리판이 삐져나왔다.

평소 오던 손님도 있었고, 낯선 사람도 있었는데, 너나 할 것 없이 모두 무장을 했다.

"빌어먹을, 제 목숨을 제가 챙겨야 하다니."

겁에 질린 내 표정을 보더니 종업원 아가씨가 말했다.

"포도주."

술을 주문했다.

나는 식사중인 사람들을 외면해버렸다. 매일 보던 얼굴인데도 알아보기 힘들었다. 같은 얼굴이 아니었다. 뭔가 근본적으로 변했다. 그들 자신이면서도 더이상 그들 자신이 아닌 인간들이었다. 지금까지 알려지지 않은 다른 사람, 다른 인격이 나타났다.

주위 사람들은 나라는 사람은 거들떠보지도 않고 이야기를 하고 있었다. 그들 대화의 부스러기, 몇 마디 말들이 귀에 들어왔다.

'계급투쟁' '붉은 광장의 도살자' '칼을 입에 물고' '가진 자' '없는 자' '프롤레타리아' '유치한 반혁명주의' '독재주의라도 좋다, 자유만 있다면' '자유로운 의사로 동의한' '밝은 미래' '피비린내 나는 새벽' '이것은 또다른 성 바르톨로메오의 날이 될 것이다' '피로써 피 속에서 죗값을 치르리라' '그자들이 부패해서 자초한 일임을 인정하라' '이 더러운 부르주아 놈들' '노동자는 모두 술을 마시고 알코올에 중독되었기 때문에 가난하다' '그리고 마약중독도 있다' '집단주의' '개인주의' '전체주의' '소비사회' '인민의 피를 마시는 자' '모두 매수당한 우리의 지도층.'

키가 크고 비쩍 마른 한 사나이가 흥분해서 벌떡 일어나 접시가 나동그라지게 탁자를 내려치더니 살벌한 목소리로 소리쳤다. "그리고 동지애. 동지애를 잊어선 안 되지!" 침묵이 감돌았다. 사람들은 겁에 질린 표정으로 잠시 식사를 멈췄다. 그 사나이가 다시 앉았다. 그러곤 다시 토론이 이어졌다. "이젠 갈 데까지 간 거야." "이런 걸 산다고 할 수 있을지 모르지만 인류의 사분의 삼이 빈곤 속에서 살고 기아로 죽고 있어." "우린 특혜 받은 쪽이야."

"다른 특권층에 비하면 우리는 특혜 받은 것도 아니야." "좀더 많은 혜택을 달라." "타도하자, 특권층." "뭔가 바꿔야만 해." "인간은 항상 그대로야." "혁명은 한때 지나가면 그뿐." "진보냐, 혁명이냐?"

"모든 것에는 끝이 있고, 또한 모든 것에는 시작이 있다."

"그건 터무니없는 망상일 뿐이다."

"오직 젊은이만 그것을 위한 충분한 정열을 가졌다……"

"젊은이는 우리보다 현명하다."

"나이든 사람의 경험은."

"젊은이는 천치다."

"늙은이도 천치다."

"늙은 천치도 있고 젊은 천치도 있다."

"한 번 천치는 평생 천치다."

"우리는 더이상 내버려두지 않을 테다."

"재미 삼아 혁명하자."

"지하철 타고 직장 갔다 돌아와 애 만들고 잠자는 생활 이젠 못 참겠다."

"축제다. 우리는 축제 속에서 살 수 있다!"

나는 놀랐다. 그때까지 잠자는 듯했던 이 사람들의 각별한 관심과 토론의 격앙된 어조에 놀랐다. 내 마음속에서도 뭔가 꿈틀거리는 듯했다. 움직이고자 하는 욕망. 무엇인가 가능할지도 모른다. 적어도 한 계점을 확장하고 연장할 수 있을는지도. 그날은 식당이 하도 붐벼서 손님들이 만족스럽도록 종업원 아가씨가 분주하게 움직였고, 주인까지 거들었다. 장사는 잘됐고, 두 사람 모두 이런 소란 속에서도 흡족한 듯 보였다. 어떤 손님들은 그리 신속하게 대접하지 못했다. 거인이라 할 만큼 아주 뚱뚱한 사나이가 늑장을 부린다고 아가씨를 매몰차게 야단쳤다. 주인은 손님들이 모두 광장에서 일어나는 일을 보려고 무리를 지어 반시간 후면 떠날 예정이어서 바쁘다고 했다. 종업원 아가씨는 최선을 다하고 있다고 쏘아붙였고, 모두 가버리면 될 거 아니냐고 했다. 그 사나이가 되받았다.

"당신네들은 장사꾼이야. 결국 당신네들도 착취자에 불과하단 말이야!"

"인간에 의한 인간의 착취지."

누군가 소리쳤다.

홀 안에서 분노의 경련이 일었다.

"나도 노동자예요. 나는 이마에 땀 흘리며 먹고 사는데 당신은 말만 하잖아요. 그저 말뿐이지."

아가씨가 반박했다.

"이 갈보야."

뚱보 사내가 아가씨의 면전에 쏘아붙였다.

나는 이런 것을 참을 수 없었다. 내 속에 있던 영웅심이 발동했다. 나는 벌떡 일어섰다. "여보시오, 창피하지도 않소." 화가 나 얼굴이 벌게진 사내가 대답했다. "더러운 프티 부르주아, 이리 좀 와봐." 나는 경솔하게도 가까이 갔다. 얼굴에 주먹 한 방을 얻어맞고 의자 위에 쓰러졌다. 종업원 아가씨가 참다못해 뺨을 보기 좋게 두 대 갈기자 그 사나이는 턱을 쓰다듬으며 다시 앉았다. 아가씨는 수건을 들고 내게 다가와 코피를 닦아주었다. 그녀가 친절하게 말했다.

"이런 건 당신이 끼어들 일이 아니에요."

이 싸움은 사람들의 이목을 끌지 않았다. 그러나 홀 안의 긴장은 고조되었다 나는 아가씨가 내온 고급 브랜디를 마시며 손수건으로 코피를 막았다. 그때 거리에서 기관총 소리가 콩 볶듯 요란하게 났고, 갑자기 무슨 명령이라도 떨어진 듯 사람들이 총을 들고 일어났다. "계산해야죠, 계산!" 아가씨와 주인이 절망적으로 소리질렀다. 어떤 자는 "더럽다, 돈 받아라"라며 얼굴에 지폐를 내던졌고, 어떤 자들은 돈은 안 내고 어깨만 으쓱해 보였다. 심지어 눈 하나 깜짝하지 않는 자들도 있었다. 그들은 앞다투어 나갔다. "시민이여, 무기를 들라" "그들을 이기리라, 나치 같은 놈들"이라고 소리쳤다. 그들은 오른쪽 광장 방향으로 몰려가 총과 몽둥이로 무장한 군중과 합류했다. 거리는 소리치고, 욕하고, 노래하는 자들로 가득 찼다. 나도 밖으로 나갔다. 그들을 비켜서 벽에 바짝 붙었다. 총질이 일어났다. 거리는 텅 비었다. 아직도 멀리서 노래와 구호가 들렸다. 길가에 두 명의 경찰과 노파 하나가 쓰러져 있었다.

아파트의 거실 창문으로 밖을 내다보았다. 거리는 심상치 않게 들떠 있었다. 사람들은 이리저리 무리를 지어 오가며 서로 토론을 했다. 못 보던 얼굴들도 눈에 띄었다. 젊은이, 사십대, 수염이 텁수룩한 오십대. 그들은 총을 갖고 있었고, 허공에 대고 총질을 했다. 사람들은 작은 안마당, 정원을 뒤로하며, 가족, 부모에게 작별인사를 하며 집을 나서는 중이었다. 저들은 이제껏 어디에 처박혀 있었을까? 나는 저들을 본 적이 없었다. 작은 다락방에 살았거나 야간 근무자들이었겠지. 대부분 아내, 어머니인 여자들이 손수건을 손에 들고 눈물을 참으며 그들을 환송했다. 나는 창문을 열었다. 나이든 남자들은 좀더 점잖게 힘주어 격려했다. 가벼운 바람에 실려오는 말들을 들을 수 있었다. 날씨가 좋았고, 하늘이 청명하고 무심했기 때문이다. "나도 1914년에 참전했지." 꼬부라진 늙은이가 말했다. 약간 더 젊은 어떤 이는 '레지스탕스'를 언급했다. "나도 바리케이드 시가전을 했지. 1927년, 아니면 1937년이었던가. 아니면 1947년이나 1935년이었을 거야." 지난 십여 년간 시가전이 그토록 많았는지 몰랐다. 시가전이 항상 프랑스에서만 일어난 것은 아니다. 브라질일 수도 있고, 스페인, 아니, 콩고나 팔레스타인, 오데사나 중국, 아일랜드였는지도 모른다. 혁명에 자원한 프랑스인이 있었을 테고, 프랑스에 망명한 외국 혁명가도 있었을 것이다. 어느 나라에서나 상황이 비슷했다. 분명히 혁명의 업적도 있을 테고, 알지 못하는 사이에 나도 아마 혜택을 받았을 것이다. 분명히 실패한 혁명도 있었으리라. 그러니까 자꾸 되풀이되는 것이고……

혁명투사 한 명이 내 쪽으로 고개를 들더니 나를 발견했다.

"당신도 이리 와야지 그 꼭대기에서 뭘 하는 거요?"

"당신들을 보고 있었죠. 놀랍군요."

내가 외쳤다.

"쓸모없는 놈."

다른 자가 내게 욕했다.

창문을 닫고 소파에 깊이 파묻혔다. 확신은 서지 않지만, 혹시 나도 가봐야 할 차례가 된 것이 아닐까 생각했다. 나도 다른 사람들처럼 해야만 한다. 아! 그러나 다행스럽게도 나는 비겁하니…… 태양을 움직일 수도 없고 죽음을 늦추지도 못할진대 무슨 소용이 있을지 생각했다. 나는 그들이 죽음을 극복할 수 없어서 서로 죽인다고 믿는다. 그래서 그들이 서로 죽인다고 믿는다. 그래서 그들은 서로 달려들어 밀어붙인다. 그 결과 미친 듯 들끓었다. 그들은 설명 불가능한 것을 설명할 수 없기 때문에 들끓었다. 전쟁, 여명, 평화, 권태, 쾌락, 질병, 건강, 사랑, 마누라, 빽빽 울고 있는 아이들. 그리고 이 길고 긴 여정, 이 긴 여정. 가슴속에 떠오른 사랑이라는 단어가 불현듯 이름 없는 노스탤지어를 일으킨다. 사랑이 나를 구원하여 설명을 대신할 수도 있었음을 깨달았다. 미친 듯 사랑에 빠지는 것. 사실 이것은 너무도, 이모든 것은 너무도 불가능해서 매력적으로 보인다. 나는 멋진 선상 여행, 바다, 하늘을 꿈꾸었다. 사막이나 폐허가 된 도시를 발견하길 꿈꾸었다. 이 세상에는 아직도 무인지대가 있으리라. 끝없는 바다, 정적의 사막을 떠올리면 일종의 희열, 일종의 희망이 솟구쳤다. 사막을 사랑하고, 쪽빛 바다를 사랑하고, 흰 돛단배를 사랑하는 것이 가능해 보였다. 인간을 사랑하는 것, 이것은 좀더 어려웠다. 증오하지 말자는 것에는 찬성이다. 그러나 움직이고, 말하고, 흥분하고, 소란을 피우고, 강요하고, 욕망에 끌려다니다가 죽는 그 피조물을 사랑한다? 그건 차라리 웃기는 소리다. 욕망의 귀결은 무엇인가? 증오의 귀결은 살인인가? 아니, 단순한 대화의 귀착점은 무엇인가? 우리는 설명 불가능한 것 속에서 헤매고 있다. 기다림, 신뢰, 사랑에 부푼 가슴. 있을 수도 있다, 사랑에 부푼 가슴이. 존재한다, 가슴이라는 것. 아니다, 두렵지 않다. 내 욕망을 가로막고 방해하는 것은 두려움은 아니다. 그리고 설령 두려움이 있다 해도 두려움은 인간적이다. "인간적이다, 인간적이다." 웃음이 터져나왔다. '인간적'이라는 단어에 폭소가 터졌다. 두려움이 있고 없는 것에는 기준이 없다. 어떤 자는 겁쟁이이고 어떤 자는 겁이 없다. 생각건대 이건 우스꽝스럽다. 나는 비행동주의에 선동되었다. 이것도 흥분되는 방식 중 하나지만, 나처럼 선동된 자는 행동하지 않는다. 나는 괴로워할 필요가 없다. 그러나 괴로웠다. 나는 고통에 의해 선동된 것이다. 이것은 분명 인정해야만 했다. 내 속에는 오직 소용돌이만 있어서 이것이 이상하게도 나를 마비시키니…… 모순된 역류. 나는 다시금 철학을 공부하지 않은 걸 후회했다. 뭔가 이해할 수도 있었을 텐데. 세상을 이해할 수 있었을 텐데.

누가 문을 두드렸다. 수위 아주머니였다. 내 벙어리 가정부가 살해된 사실을 말해주려고 온 것이다. 살해자는 경찰인지 폭도인지 확실치 않았다. 그녀에게 멈추어 서라고 했는데 응하지 않았던 것이다.

수위 아주머니가 장을 보고, 음식물을 조달하고, 살림을 하겠노라

자청했다.

"누군가 당신을 거들어줘야만 해요, 선생님. 그리고 차, 설탕, 비스킷, 말린 고기, 잼, 커피, 감자도 구해드려야죠. 지하실이 있으니 공간은 있지요. 밖에 나갈 수 있을지 모르겠군요."

사실 총성이 빈번해졌다. 그러나 잠잠해질 때가 있었다. 수위 아주머니는 식료품상과 친해서 가게 문이 닫혔어도 뒷문으로 들어갈 수 있었다. 물론 주인은 값을 좀더 비싸게 불렀다.

나는 물론 좋다고 답했다. 그런데 이제는 식당에 갈 수 없는 것이 무척 난감하고 아쉬울 것이다. 미처 생각지 못했다. 어떻게 아무것도 예감하지 못했을까? 왜 처음 긴박한 사태가 발생했을 때 장차 일어날 혼란과 변혁 때문에 분명 가치가 떨어질 내 돈을 챙겨 떠나버리지 않았던가? 파란색 기차나 하늘을 가로지르는 순백색의 비행기, 배, 아니면 단순히 운전사가 딸린 자가용으로 떠날 수도 있었다. 지금쯤이면 나는 햇빛이 눈부신 도회지를 산책하거나, 장밋빛 저택을 따라 산책하고, 성탑을 오르고, 예술의 향기에 물든 이국의 박물관을 구경할 수도 있었을 것이다. 혼자라면 심심할 테지. 이본인지 마리인지에게 청했어야 했다. 아마도 그녀는 그런 것을 기대했을 테지…… 아, 내게는 북새통이 제격이다. 구경거리가 있으니 말이다.

더이상 견딜 수 없었다. 소강상태를 틈타 외출을 했다. 수위 아주머니가 "서둘러요. 식사중이라 잠잠한데 다시 시작할 거예요. 그자들은 이제 우리 동네에서도 움직이는 모든 것에 총질을 해요. 길을 건너지 말고 식당에 갔다가 곧장 돌아오세요"라고 소리쳤다.

나는 조금 잰 걸음으로 길모퉁이를 돌아 큰길을 통해 천만다행으로 열려 있던 식당에 들어갔다. 아가씨가 소리쳤다.

"어서 오세요. 내일까진 열겠지만 모레는 어떨지 의심스러워요."

나는 평소의 내 자리에 앉았다. 유리창에 구멍이 나고 커다랗게 금이 가 있었다.

"그래요. 안쪽 사람이 바깥쪽 사람을 쏘았고, 바깥쪽 사람이 우리 손님을 쏘았죠. 초절임 요리가 있어요."

"당신은 떠날 건가요?"

"이곳 주인이 혁명 대열의 선봉에 서려고 하지 않았죠. 나이 탓이에요. 그리고 승리하리라는 확신도 없었고요. 그래서 사람들은 그를 비난하지요."

주인이 나타났다.

"그들이 진정한 혁명가라면 저도 아마 도왔을 겁니다. 하지만 그들은 사실상 반동분자들이죠."

"그러면 다른 자들, 그 반대파는요?"

"그들도 반동분자죠. 그들은 결국 두 파로 갈라진 반동분자들이죠. 한쪽은 라프족*, 다른 쪽은 터키인에게 매수되었어요."

창밖에 무장한 패거리가 지나갔다. 그들 중 어떤 자는 거리에서 우리에게 주먹질을 했고, 어떤 자는 험상궂게 얼굴을 찡그렸다. 유리를 깨려는 듯 위협적으로 두드리기도 했다. 종업원 아가씨가 내 식탁을

---

* 노르웨이, 스웨덴, 핀란드 북부와 러시아 콜라 반도 등 라플란드에 사는 소수민족.

홀 중앙으로 옮겨주었다. 주인이 말했다.

"보세요, 저놈들은 터키 놈들 인상이지요."

"인종차별 하지 마세요."

내가 말했다. 그러곤 침을 삼키며 입을 다물었다.

"나는 모든 인종을 좋아하니 인종주의자죠."

아가씨가 말했다.

"종족 구분이란 있을 수 없지."

주인이 말했다.

"그렇다면 나는 황인종을 빼고는 아무도 좋아하지 않아요."

아가씨가 대꾸했다.

"황인종은 모두 배반자야. 내가 공장에서 일할 때 파업을 깬 것도 바로 그 족속들이었어. 어쨌든 이 변두리의 혁명에 끼어들 내가 아니지. 우린 중심가에 자리잡을 거야. 거긴 조용해."

주인이 말했다.

누군가 식당에 들어왔다. 실크해트를 쓰고 각반을 찬 콧수염의 사나이였다.

"이 동네에 오려고 폭도들의 지역을 가로질렀습니다. 혹시 내 회사에 불을 질렀는지 보러 왔지요. 사실, 광장에서 1킬로미터 떨어진 중심가는 조용합니다. 정적만 널리 깔렸죠. 자동차도 훨씬 줄었습니다. 각자 집에 머물며 텔레비전 앞에서 혁명을 보고 있습니다. 그리고 중심가 너머 서쪽 변두리는 나뭇가지에 잎사귀가 돋아나지요. 그 너머로 큰길이 나오고, 큰길이 뻗어나간 데에 전원이 나오고, 꽃이 만발한 사과나무. 그리고 바다로 향하는 아름다운 강. 그리고 해변, 광활한 해변. 그리고 바다입니다. 이때쯤이면 바다는 산속의 호수만큼이나 고요합니다.

그다음에는 섬이 있지요. 신록. 영원한 봄날. 나부(裸婦)들. 우리는 분명히 감옥 속에 있지요. 그렇지만 공원과 정원이 있는 크고 아름다운 감옥입니다. 그 정원의 문지기는 마음씨가 좋지요. 그리고 섬에는 도대체 문지기가 없고, 적어도 찾아볼 수 없지요. 그들은 숲속에 숨어서 낮잠을 잡니다."

갑자기 우주가 그 광활하고 다양한 구석구석까지 드러났다. 이 세상에는 길이 있고, 산이 있고, 평원이 있고, 샘이 있고, 미소짓는 하늘, 우정 어린 인간이 있었다. 이방인을 사랑하고 받아들이는 나라도 있다. 그들은 이방인에게 마실 것과 먹을 것을 주며, 비가 오지 않는 곳이기 때문에 지붕 없는 집에서 산다. 별들이 하도 낮게 깔려 손을 뻗으면 닿을 것 같다. 과일들도 지천이다.

나는 시내 중심가에 있는 은행에 예금을 갖고 있었다. 무슨 수를 써서라도 은행까지 가보기로 작정했다. 헬멧을 빌렸다. 총은 싫었다. 무기상이 인수한 모자 가게에는 방탄조끼도 있었다. 그러나 그건 전투대원을 위한 것이었다. 중심가로 가는 평온한 길로 통하는 광장을 가로지르려고 광장 쪽으로 향했다. 큰길은 바리케이드로 막혔다. 나는 흰 손수건을 흔들었다. 총알이 날아와 손수건에 구멍이 났다. 반대편 길로 뛰었다. 그곳에는 파괴되어 통과할 수 없는 담처럼 되어버린 큰 공장과 굴뚝이 널브러져 있었다. 좌우 어느 쪽으로도 돌아갈 수 없었다. 오른쪽은 반란군 진영으로, 참호에 들어앉아 접근하는 사람을 겨냥해서 총을 쏘거나 아니면 단순히 장난삼아 총을 쏘아대는 반란군

보초가 있었다. 왼쪽에서는 경찰이 아무나 닥치는 대로 체포하고 있었다. 나는 이 소란한 와중에서 발걸음을 돌릴 수밖에 없었다. 요리조리 피해 식당까지 갔으나 이미 닫혀 있었다. 빠끔히 열린 셔터 밑으로 빠져나오려고 엎드려 있는 아가씨를 발견했다. 나는 소리질렀다.

"이본에게 날 좀 기다리라고 전해주세요."

"이제 그녀를 보지 못해요. 본 지 거의 일 년도 넘어요"

아가씨가 대답했다.

"그 여자 결혼했어요? 애는 있나요?"

"넷이요."

이 말을 끝으로 아가씨는 사라졌다.

이본, 그녀가 나를 떠난 지 얼마나 됐을까? 몇 달, 몇 년. 시간은 빨리도 간다. 많은 사람들이 이렇게 말하는 것을 들었다. 이것이 옳은 말이라고 느낀 게 처음도 아니다. 시간은 흘러가버려서 여기 나만 심연의 벼랑 끝에 남는다.

집으로 돌아가려고 길목을 돌았다. 통과하는 데 어려움이 있었다. 길 끝에 이르자 바리케이드가 쳐져 있었다. 나는 이 구역에 산다고 말하고 서둘러 통과하려 했다.

"이 동네에 산다면서 암호조차 모릅니까? 아무튼 통과하시오."

앞으로 나갔더니 반대편 길목에도 바리케이드를 설치해놓은 것이 보였다.

내 아파트는 길 한가운데에 있었다. 아파트 입구까지 가니 건너편 바리케이드의 깃발을 볼 수 있었다. 반달과 밀 이삭이 그려진 초록색 깃발이었다. 내가 소리쳤다.

"저런, 같은 깃발이야."

앞집 늙은이가 나에게 다가왔다.

"저들에게 그걸 말해줘요. 저들은 같은 편입니다. 같은 편끼리 서로 죽이고 있어요."

"저들은 분명 쌍안경을 갖고 있어요. 저들도 알고 있을 겁니다. 같은 편이지만 경쟁관계인 두 파벌 우두머리 간의 싸움일 겁니다."

이 말이 끝나자마자 총질이 시작되었다. 우리는 양측의 총질 사이에 끼어버렸다. 내 모자가 총탄에 구멍이 뚫렸다. 늙은이가 고꾸라지며 소리쳤다. "만세……" 피가 낭자하니 누구를 위해 만세를 불렀는지 알 겨를이 없었다. 앞집에서 늙은이의 부인이 뛰어나왔다. 남편이 쓰러져 있는 것을 보자 당연히 비명을 질렀다. 그녀는 내게 주먹질을 해보였다. "이 모든 게 당신 때문이야, 더러운 부르주아 놈." 총격이 더욱 극심해졌다. 나는 두 늙은이에게 신경 쓸 여유 없이 황급히 집으로 들어갔다. 현관에서 화가 치밀어 모자를 땅바닥에 내팽개치며 소리질렀다. "다시는 모자를 쓰지 않을 테다."

"빨리 들어오세요, 선생님. 식량을 구했어요. 몇 달 동안 필요한 것은 다 있어요."

수위 아주머니가 말했다.

"혹시 잊은 것이……"

"아무것도 잊지 않았어요. 이심전심이니까요. 몇 달, 몇 년분은 돼요. 선생님은 혼자 있길 좋아하시니 저 위에서 편하게 지낼 수 있을 거예요. 전기가 끊기지 않고 수세식 변소 물만 나온다면."

4층까지 올라가 아파트 문을 열었다. 정말 필요한 것은 다 있었다.

몽땅 다. 아파트에는 병들이 가득했다. 보르도, 부르고뉴, 사부아, 알자스, 투렌의 포도주와 다량의 생수가 복도에 꽉 찼다. 빈틈이 없었다. 그리고 식료품 자루가 있었다. 쥐들이 이 꼭대기까지 올라오지는 못하리라. 그러지 않아도 쥐에 대비해 문과 창을 막아버릴 생각이었다. 하수관도. 그리고 쥐약도 있었다. 권총까지도. 유탄이 날아와 유리를 깨기 때문에 재수가 좋아야 창가에 가까스로 접근할 수 있었다. 그래도 창문 귀퉁이에서 거리를 내다보았다. 바리케이드를 지키던 사람들은 상대편을 공격하려고 거리를 떠났다. 총성, 웅성거림, 고함, 화난 목소리, 부상자의 비명, 욕설, 구급차. 그칠 줄을 몰랐다. 거리에 시체가 널브러져 있었다. 사나흘째 지속되었다. 아침과 저녁에 증원군이 나타나 바리케이드 위의 죽은 시체를 대신해서 자리를 메웠다. 신음하고, 소리치고, 노래하고, 욕설을 퍼부었다. 전투에 가담하지 않는 동네 사람들은 아주 재미있다는 눈치였다. 위험을 무릅쓰고 활짝 열린 창문에 매달려 있었다. 죽기도 했다. 가끔 유탄을 맞아 죽기도 했다. 항상 유탄은 아니다. 가끔 일부러 쏘기도 한다. 전투원의 신경을 거슬렀기 때문이다. 이왕 잔치가 벌어졌으니 구경을 즐길 수밖에. 이해할 만하고 인지상정이다. 구경꾼은 집 안으로 사라지기도 하고, 종종 창문에서 떨어지기도 한다. 철퍼덕, 하면서 길 한가운데에! 상상해보시라. 가끔 양측은 이같은 무고한 희생자의 시체를 차지하려고 다툰다. 그렇게 하면 서로 상대방을 노인과 부녀자와 어린아이까지 죽이는 살인집단이라고 비난할 수 있기 때문이다. 사실을 말하자면 이런 것이 나는 별 재미가 없었다. 나는 피와 시체엔 신물이 났다.

훗날 멋진 민중화의 소재가 되리라 생각되었다.

136

나는 더이상 기다리지 않기로 작정했다. 핏빛 지평선, 연극이나 영화에서나 볼 수 있는 폐허, 수천만 권의 문학 소재나 될 법한 사건들에 신물이 난 터였다. 도무지 그칠 줄을 몰랐다. 마지막에도 아무런 희망도 없는 이런 날들이 수년간 지속될 것이다. 화재의 불길과 짙은 연기 때문에 우주적 감옥의 별빛 찬란한 하늘을 볼 수 없었다. 뚜껑처럼 덮고 있는 이 천체의 바깥에는 눈부신 빛이 있고, 그 빛을 별이라는 구멍을 통해 본다고 한 게 아랍의 어떤 전설이었던가?

온 세상과 바리케이드를 치기로 결심했다.

외출할 이유가 없었다. 물, 가스, 전기 난방은 제대로 들어왔다. 이모든 것이 대형 파이프를 통해 공급되는데, 그것이 땅속 아주 깊이 묻혀 있어서 반란군이 파낼 재간이 없고 배관을 사보타주할 수도 없었다. 반란군이 이 동네의 공장, 차고, 관청을 파괴하는 것은 사실이다. 그러나 그들도 쉬어야 하고 가끔 휴가도 갖기 때문에, 반란군의 다락방이 있거나 정기적으로 만나러 오는 부모가 사는 몇몇 집, 거리, 특히 내가 사는 거리는 파괴하지 않았다. 또한 이런 집에 식량과 탄약을 저장했다. 가끔 이런 집도 한둘 날려버리지만, 그것은 순전히 우연의 소치다. 우리 건물에는 탄약이나 전투원의 부모가 없었다. 우리 건물의 유일한 전투 참가자였던 남자는 사고로 죽었고, 강아지를 끌고 다니던 부인이 가끔 머리와 수염이 덥수룩한 전투원을 끌어들이곤 했다. 또는 반대편 민병대원, 수염과 머리를 모두 빡빡 밀어버린 다른 폭도를 오게 하기도 했다. 이런 것이 바로 이중게임이다. 가끔 서로 적대관계인 반란군들이 그 부인의 집에서 마주치기도 하지만, 우리 건물을 중립지대나 비무장지대로 생각해서인지 그들 셋은 사이좋게 어울렸다.

도심의 빛과 열기를 여기까지 전달하는 지하 파이프와 전선을 생각해보았다. 예전 사무실 동료들이 나를 얼마나 비웃을까? 이 변두리가 쌈박질을 하며 보낸 세월 동안 도심지는 느긋하게 잔디가 멋있는 공원을 만들었을 테지. 나무들도 자랐을 것이고, 거기는 모든 것이 아름답고 경쾌할 것이다. 그런데 나는 분노와 광기, 피, 죽음이 만연한 이 위험한 변두리에 틀어박혀 있다.

얼마 전부터는 내 창문을 향해서도 총을 쏘아댔다. 나를 위험한 회색분자로 파악한 걸까? 나는 그들의 싸움을 눈곱만치도 이해하지 못했다. 어쨌든 이유가 있을 텐데 말이다.

이미 소음과 위험에 익숙해진 어느 날, 전쟁 이전 날짜의 오래된 신문을 읽다가 오줌을 누러 화장실을 가려고 일어섰다. 그때 유리창 깨지는 소리가 들렸고, 소파의 내 자리로 돌아와보니 내가 앉아 있던 바로 그 자리에 큼지막한 파편이 떨어져 있었다. 나는 이런 일이 더이상 재연되지 않도록 조치를 취하기로 했다. 내 아파트가 빈 것처럼 믿게 해야만 했다. 창문을 커다란 매트리스와 베개로 틀어막았다. 잘 막혀서 한줄기 빛조차 들어올 수 없었다.

나는 안마당 쪽으로 창이 난 방으로 자리를 옮기기로 했다. 그 방에서는 아무런 소음도 들리지 않는다. 4층이고 남향인지라 밝기도 했고 해까지 들었다. 햇살. 한줄기 햇살. 어린아이들은 시골이나 중심지의 기숙사로 보내졌다. 부모도 함께 떠났다. 수위 아주머니는 현관에서 주운 혁명군 신문을 내보이며 12세 이상의 아이들은 모두 참전했다고 전해주었다. 그 아이들은 일부는 정규군 혹은 '파리의 개구쟁이 군단'에, 다른 일부는 '신(新) 바라* 군단'이라는 비정규군에 편성되었다. '변두리의 보이 스카우트'라는 셋째 그룹도 있었다. 셋째 그룹은 양측 부상자를 모아 간호하고, 닭이나 식량을 훔쳐 사분오열된 전투 진영에 거저 나눠주었다. 4층에서 내려다보이는 안마당에는 쓰레기가 산더미같이 쌓였고, 그 위에 풀과 조그만 관목이 꽃을 피웠다. 그래서 나도 거기에 푸른 나무, 풀, 잔디로 변할 쓰레기를 버렸다. 복도에 식량 자루와 병들이 너무 많아서 수위 아주머니가 지나다닐 수 있도록 좌우 벽으로 밀어서 길을 냈다. 수위 아주머니는 온통 화염으로 뒤덮인 외부세계와 나를 잇는 유일한 끈이었다. 그 방에 침대를 놓았다. 그곳은 하나의 오아시스, 작은 스위스였다. 여기서 그리 빨리 나가지는 않겠지만 나에겐 버틸 수 있게 하는 것이 있었다. 이 조그만 방의 고요함! 말없는 창문 밖에 아무도 없음을 느낄 수 있다는 사실이 얼마나 아름다운가! 나는 그곳이 안락하고, 그 안에서 꿈꾸며 마음껏 술 마실 시간이 있음을 알고 있었다.

---

* 프랑스 대혁명의 전설적인 소년 영웅.

시간이 흘렀다. 몇 달 혹은 몇 년이 흘렀다. 수위 아주머니는 가끔 수염이 더부룩하고 모자를 썼거나 수염도 모자도 없는 무장 혁명군이 그려진 민중화를 가져다주었다. 그것은 이미 역사의 한 페이지가 되었던 것이다. 그림 속에서 총검에 찔려 쓰러진 바라의 영웅적 죽음이 보였다. 다른 그림에서는 팔을 하늘로 뻗치고 쓰러져가는 어린 개구쟁이의 모습도 보였다. 그 앞에서는 나쁜 놈들이 그 아이에게 역시나 총을 쏘아대고 있었다. 나쁜 놈들은 녹색 제복 같은 것을 입었다.

어느 날, 수위 아주머니는 그자들이 결국 이 거리의 가옥을 폭파시켰다고 했다. 내가 지진처럼 느꼈던 것이 바로 그것이었다. 귀를 기울였으나 아주 멀리서 총성만 들릴 뿐이었다. "이젠 광장에서만 일어나는 게 아니에요"라고 수위 아주머니가 말했다. 광장에서는 총격이 오히려 훨씬 줄어들었다. 총격전 사이나 소강상태를 틈타 사람들은 장을 보았다. 식당이 어떻게 되었는지 궁금했다. "아무것도 남지 않았어요, 선생님. 그 모든 집들이 하나도 남지 않았어요." 우리 집과 주위의 집 두세 채만 외로운 섬처럼 버티고 있었다. 우리 동네에는 이제 사람도 많지 않았다. 은퇴한 노인들, 백러시아인, 강아지 주인 여자를 제외하곤 죽었다. 모두 전쟁 때문은 아니고, 노쇠, 심장마비나 기타 질병으로 사라졌다. "그렇지만 몽땅 재건할 거예요. 사람들에게 일거리를 제공하게 되는 거죠. 지금 이 동네가 평방미터당 얼마인 줄 아세요?"

수위 아주머니도 죽었다. 딸이 그 자리를 맡았다. 나는 꽤 지난 후에야 그걸 알았다. 식량은 배달되었고, 빈 통조림 깡통은 수거해갔으니 나를 번거롭게 하는 경우는 드물었고, 얼마 후엔 그런 일이 전혀 없었다.

  내 방은 밝았다. 해가 잘 들었다. 나는 세수와 면도를 하려고 매일 욕실까지만 갔다. 그렇다 해도 날씨가 흐리면 면도도 하지 않았다. 그러곤 음료수과 식품 더미 사이에 낸 통로를 통해 돌아와서는 길게 누웠다. 이부자리도 정리하고 청소도 했다. 방문을 열고 복도에 더러운 내복을 내놓고 새것을 들여왔다. 이런 일과만으로도 무척 바쁘고 피곤해서 당당하게 침대에 누워 하늘이나 천장을 바라보았다. 나는 기다림 속에 있었다. 무엇인지 모를 것에 대한 기다림. 그러나 생생하고 설레는 기다림. 푸른 하늘에 옅은 구름이 지나갈 때에는 뭔가 그 뜻을 풀이해보고자, 하늘의 뜻을 읽고자 시도했다. 이제 전처럼 불행하지 않았다. 나이가 들어 현명해졌거나, 속에서 격돌하고 들끓던 힘이 시들어버린 걸까? 행복하다고 말하기는 싫다. 그냥 그렇고 그럴 따름이다. 우주의 대감옥 내부에 그것보다는 작고 내게 맞춤한 감옥을 만들었다. 내가 살 만한 한 귀퉁이를 마련한 것이다. 아주 작다는 것을 알지만 적어도 내게는 걸맞았다. 강제노역을 피해 숨을 수 있는 감옥 속의 조그만 한구석. 강제노역이 없는 감옥. 내가 권태에 빠진 걸까? 자포자기한 걸까? 아마도 지쳤겠지. 그렇지만 마음대로 아무 때나 누울 수 있었다. 침대에 누워 몇 시간, 며칠씩 보냈다. 기다림 말고는 아무런 노력도 할 필요가 없었다. 하늘을 처다보며 항상 하늘 너머를 보고

자 했다. '내'가 존재하는가? 하여튼 나는 광대와 극소, 그 두 무한대 사이에 이렇게 있다. 나는 무엇이었던가? 점 하나. 또한 은하계의 총체. 내 안에서 우주가 탄생하고, 성숙하고, 부패하고, 소멸한다. 우주적 체계의 관점에서 보면 내가 은하계였으며, 내가 수십억 세기였다. 내가 모르는 존재들, 내 안에서 행동하고, 분노하고, 반항하고, 서로 싸우고, 사랑하고, 증오하는 존재들로부터 나는 수십억, 수천억 킬로미터 떨어져 있었다. 그렇다, 이 모든 것이 내 안에 있었다.

이제 우리 집과 이웃집 두세 채는 커다란 공사장에 둘러싸인 섬과 같았다. 파괴된 것들을 재건하고 있었다. 건설하려고 파괴하며, 파괴하려고 건설한다. 건물 두세 채의 담이 공사판의 소음을 막아주었다. 내 나름대로 방법도 있었다. 소음에 대항하지 않고, 귀를 막지도 않고, 신경질을 내거나 소리를 지르지도 않았다. 오히려 최대한 정신을 집중하여 소음을 들었다. 그것은 일종의 음악이었다. 나를 위축시키지 않고 풀어주었다.

화창한 나날이었다. 아마도 북쪽 변두리보다 따뜻하고 화창한 남쪽 변두리에 살기 때문일 것이다. 오전 중 정오가 가까워질 때 평소 종종 하던 대로 지붕 너머 파란 하늘을 바라보자 희미한 균열, 틈새가 나타나더니 창공이 끝에서 끝까지 조용히 벌어지는 것이 보였다. 그 균열에서 광채가 났는데, 대낮보다 강한, 뭐랄까, 파란 하늘보다 더욱 파란 광채였다. 나는 무엇인가를 기대했다. 공사장의 소음은 마치 아무 일도 없다는 듯 정상적으로 계속되었다. 물론 하늘을 볼 시간, 주의깊게 바라볼 여유는 있어야겠지. 그러나 사람들은 눈길을 쳐들지 않는다. 그들은 일, 근심 때문에 숨 돌릴 틈도 없다. 나는 하늘의 균열을 감상했다. 눈이 아팠으나 시선을 떼지 않았다. 천천히, 빛줄기가 빛 속의 빛이 나타났을 때와 마찬가지로 흔적도 없이 점차 사라졌다. 이 빛줄기는 별이 수놓은 밤에 낮보다 더욱 넓게 출현했다. 그것은 마치 지평선 이 끝에서 저 끝까지 멈춰버린 번개 같았다. 주변의 별들은 빛을 잃고 꺼져가는 듯했으나, 태양 둘을 합한 것보다 강한 광채가 나오는 곳도 별, 조그만 별이었다. 희열이 새롭게 가슴을 메웠다. 나는 그것을 위협이 아니라 약속으로 받아들였다. 빛줄기가 하늘에서 물러나자, 내게는 회색인 새벽이 찾아왔다. 여덟시경 젊은 수위 아가씨가 커피를 가져왔다. 그 아가씨는 지붕 너머를 건너다보는 것이 몸에 배지 않았다. 그녀는 아무것도 보지 못했다. 우선 밤엔 자고 낮엔 너무 바쁘기 때문이다. 그녀는 직장이 있는 사람이니 일요일에나 하늘을 볼 것이다. 한편 우리 건물에 사는 사람 중 그 누구도, 그녀가 빵을 사러 갈 때 마주치는 건축 현장 노동자로 일하는 그녀의 친구들도, 빵집 아주머니도, 그 누구도 그녀에게 그것을 보았다는 말을 하지 않았다. 오직 나 혼자였다. 나는 그녀에게 아마도 이번 일요일이면 이 현상이 더는 되풀이되지 않을 것 같다고 말했다. 그녀는 "나는 눈 뜬 채 꿈꾸지 않아요"라고 사납게 대꾸했다. 나는 "장담해요, 분명히 보았다니까요"라고 덧붙였다.

　"내 주변에서는 보았다는 사람이 아무도 없다니까요."

그녀는 장보러 갈 테니 수표에 서명해달라고 했다. 또한 최근에 세 든 사람들이 승강기 설치를 요구해서 상당한 선금을 내야 한다고 전해주었다. 그녀는 내가 가끔이나마 외출을 하게 되면 승강기 덕을 많이 볼 거라는 점을 강조했다. 이제 외부와의 단절을 계속할 이유가 없었다. 더이상 위험하지 않았다. 그녀는 가끔 폭음을 들었으나 먼 곳에서 나는 폭탄 소리였다. 대가를 톡톡히 치르긴 했으나 이제 우리 동네는 평온했다. 혁명은 시내 한복판과 북쪽 교외로 옮겨갔다.

"이제 그들 차례죠. 우린 고생할 만큼 했으니까."

그후 여러 날과 일요일 하루 종일 나는 창가에 기대어 그 현상이 되풀이되길 기대하며 지붕 너머 하늘을 바라보았다. 여러 일요일과 여러 주 동안 하늘에는 아무 일도 없었다.

진부하게 밝은 햇빛에도 다시 익숙해졌다. 지루했다. 아파트에서 나가볼까 하는 생각마저 들 지경이었다. 예전 식당 자리에 새 식당을 지었을 것이다. 불쾌한 나날을 보내다가 여기저기 식품이 쌓여 있는 긴 복도를 뛰어가 문을 열었다. 이렇게 쉽게 해낼 수 있다는 사실에 놀라며 계단을 내려갔다. 빈 수위실 앞을 지났다. 전임자는 결코 자리를 비운 적이 없었다. 그녀는 움직이지 않았다. 다른 풍속이었다. 보도 위로 한 발 두 발 걸어나갔다. 집들을 알아볼 수 없었다. 모두 아주 새것이고, 높고, 매우 비슷비슷했다. 예전 길보다 빠른 새 길이 났다. 건물이 파괴된 자리에 길이 생긴 것이다. 그래서 이젠 더 빨리 큰길로 갈 수 있게 되었다. 작은 정원이나 안마당이 딸려 있던 작은 주택들은 사라졌다. 새 이웃들은 알 수 없었다. 과연 멀리서 폭탄 소리가 들렸다. 식당까지 갔다. 같은 주인이었다. 그가 친정부였는지 반정부였는지 모르지만, 정부가 새로 꾸민 옛 장소에 그를 다시 자리잡게 한 것이다. 그는 꽤 늙었고 다리를 절었다. 그가 나를 알아보지 못하는 걸로 보아 나 역시 무척 늙었을 것이다. 젊은 손님들이 놀고 있었는데, 예전과는 고객층이 딴판이었다. 몇 명이 기타를 연주하고, 나머지는 알코올이 들어가지 않은 음료를 마시고 있었다. 그들은 커다랗게 웃었다. 여럿이 의자 등받이에 몸을 기대고 식탁 위에 발을 올려놓고 있었다. 나는 늙었는데 세상은 젊어졌다는 생각이 들었다. 이들도 늙을 것이다. 나는 주인에게 말을 건넸다.

"아세요? 내가 여기에 와서 저기 젊은이들이 앉아 있는 호마이카 식탁 자리에 앉았던 사람이에요."

"아, 이제 기억이 나는군요. 아니요, 여종업원은 없어요. 그녀는 지금쯤 다 큰 애들의 엄마일걸요. 어쩌면 손자들이 있을지도 모르죠. 나랑 한잔 합시다. 나도 곧 은퇴할 겁니다. 선생님은요? 일은 어떻게 되었나요?"

"나야 아주 젊었을 때 일을 그만둔 걸 아시잖아요. 은퇴한 지 오래되었죠."

"운이 좋으시군요. 즐겁게 인생을 보내시는군요. 건강이 좀 안 좋아 보이세요. 아, 우리 모두 갈 사람들이죠. 일을 했더라면 덜 늙으셨을지도 모르죠. 은퇴할 때는 항상 일거리를 찾아야만 합니다. 직업을 바꾸는 거죠. 재취업하는 거예요. 기억하세요? 내란, 바리케이드. 아, 참 좋은 시절이었죠. 바로 이 식당에서 서로 총을 쏘았죠."

"알아요. 나도 여기 있었으니 똑똑히 기억합니다."

"아, 그래요? 기억이 안 났습니다. 얼굴을 주먹으로 한 방 맞으셨죠. 그게 바로 인생이죠."

그는 스탠드바에서 술을 따르며 말을 이었다.

"다행히도 좋은 포도주가 아직 있어요. 항상 스탠드바가 있고, 항상 포도주가 있을 겁니다. 그러나 카망베르 치즈는 달라졌죠. 좋은 치즈는 이제 없어요. 대량 생산하거든요. 그게 더 쉬우니까요. 젊은이들은 더 게을러졌고요. 총성이 들려도 예전처럼 꼼짝도 하지 않을 겁니다. 어쩌면 움쩍거리기야 하겠지요. 사람들 머릿속에 뭐가 들어 있는지 알 수 없죠."

"그렇죠. 우리 속에는 폭력 성향이 있습니다. 언제고 튀어나올 수 있죠."

내가 밖으로 나올 때 젊은 패거리가 비웃듯 돌아다보았다. 서로 쿡쿡 찌르며 눈을 찡긋거렸다. 내가 옷을 구식으로 입은 탓일 것이다. 아니면 내가 딴 세계에 속했기 때문이리라. 아마 나는 이미 죽은 세대일지도 모른다. 아직도 부르주아가 남아 있을까? 나도 그중 하나일까? 아니면 부르주아도, 다른 그 어떤 것도 아닌 것일까?

가급적 빨리 집으로 돌아왔다. 허리에 손을 짚고 계단을 올라 문을 열고, 잠그고, 거실은 쳐다보지도 않고 내 방에 다시 틀어박혔다.

점차 소음이 다시 들렸다. 먼 곳에서 나는 듯했다. 그렇지만 그 소음을 구별할 수 있었다. 땅 파는 기계, 압축공기, 굴착기, 콘크리트 기계, 기중기, 노래, 노동자들이 떠드는 소리. 모든 것이 아주 나지막하게 들리니 청력을 많이 상실했다는 생각이 들었다. 저들은 새로운 세계가 건설되고 있다고 생각하겠지. 생각만으로도 피곤하다.

수위 아가씨가 나 때문에 귀찮을 게 분명하다. 하루에 세 번씩 식사를 올려다주고, 내복 빨래, 심부름 등 일거리가 꽤 많다. 그녀는 내게 월급 인상을 요구했다. "생활비는 오르고, 돈은 가치가 없어요." 나는 수락했다. 덜컥 겁이 났다. 직장생활을 다시 해야 하나? 끔찍했다. 내가 아직도 뭔가를 할 수 있는지도 의문이었다. 큰마음 먹고 공증인과 은행에 편지를 쓰는 데는 시간이 걸렸다. 그들의 회신에 마음이 놓였다. 그들이 내 돈을 잘 굴렸던 것이다. 생활비가 오르는 만큼 내 돈도 불었다. 그러나 만약을 대비해 담배를 끊기로 결심했다. 술 없이는 살 수 없었으나 음주량은 상당히 줄였다. 고기도 일주일에 두 번만. 먹는 것도 줄였다. 수위 아가씨가 동네 대중음식점에서 인스턴트 요리를 판다고 알려주었다. 수위 아가씨가 끓여주는 통조림이나 수프보다 차라리 그게 나았다. 더구나 될 수 있으면 그녀의 시간을 덜 빼앗고 덜 피곤하게 하고 싶었다. 그녀는 공사판에서 일하는 결혼한 언니의 아이들을 돌봐야 했다. 남편은 병들었고 사회보장연금으로는 부족했다.

나는 퉁명스럽고, 문을 부서져라 닫기도 하고, 면전에서 비웃는 수위 아가씨를 달래려고 최선을 다했다. 심지어 그녀와 토론도 해보았다. 나의 거짓된 명랑함과 농담도 그녀의 구미에 맞지 않는 듯했다. 내 생활방식, 내 태도, 내 은둔이 그녀에게는 이상했던 것이다. 그녀는 내 여가생활에 대해 넌지시 물었고, 그것을 노골적으로 비난했다. "난 선생님한테 숨길 게 없어요. 난 생각한 대로 말하고 인간의 진실을 그들 면전에서 말해요." 그녀에게 너무 불쾌감을 주지 않고 조금 구워삶아보려고 나는 매일 아침 제대로 세수를 했다. 귀밑머리가 희끗희끗해졌다. 이게 언제부터였던가…… 그녀의 말에 따르면 나는 아직 은퇴할 자격이 없었다. "더구나 이런 생활을 하니 한 일이 아무것도 없잖아요. 당신이 무슨 쓸모가 있어요?" 무엇을 위해 쓸모가 있어야 한다는 말인가? 그 문제에 대해서는 왈가왈부하지 않았다. "곧 이사 가셔야 할 거예요. 마지막 남은 낡은 성채 같은 이 집과 이 주변을 곧 헐어버릴 거래요. 현대식으로 지을 거래요."

"모든 것이 그렇듯이 곧 구식이 될 현대식. 숨 돌릴 틈조차 없군."

그녀는 대답 없이 어깨만 으쓱해 보였다. 내 집을 곧 허문다? 조금 겁이 났다. 나는 마음을 가라앉혔다. 꽤 오래 전부터 이런 위협이 감돌았다. 아마도 아직 몇 년은 버틸 수 있을 것이다. 그리고 건물 철거에 반대할 수도 있다. 나는 아파트의 소유권자이니까. 그러나 공공의 이익이 걸려 있다. 내게 강요할 수도 있다. 아, 당장은 아니다.

다른 사람들은 모두 어떻게 되었을까? 사무실의 옛 동료, 옛 여자 친구들. 죽었거나 시어머니 혹은 할머니가 되었겠지. 언제 보러 갈까? 내란이 그들의 동네인 도심에서 계속되고 있을까? 알아볼까?

나는 지난날을 생각하며 슬픔과 향수에 빠졌다. 그래, 예전 술집, 그리고 술집 주인, 옛 동료와 함께 마시던 아페리티프…… 이름이 뭐였더라? 자크? 자크였던 것 같다. 아니야, 자크는 뤼시엔의 남편이야. 피에르라고 부르지 않았던가? 피에르 하고 다음이 뭐였더라? B자로 시작되는 성(姓) 아니었나? B자라. 부이유 비슷한 거였는데. 사장 이름은 도무지 생각나지 않는다. 기억이 없어졌다. 그리 오래된 일도 아닌데. 그리 오래된 게 아니다. 아니야. 내 젊음, 그건 오래 전 일이다. 파리의 고색창연한 거리. 파리는 아름답다. 일요일은 아름답다. 맥주

홀이나 카페의 테라스에 앉아 지나가는 사람들을 바라보는 일요일은 아름답다. 창문을 열고 분주한 사람들을 내려다보곤 했지. 그건 전쟁 전이었다. 그리고 식당 아가씨 이본이 있었지. 내가 가장 아쉬워하는 여자가 바로 그녀다. 아, 세월은 돌이킬 수 없다! 나는 철학적 생각을 했었다. 그리고 또 무엇이 있었던가? 바, 태양, 영화관. 영화관에는 별로 가지 않았다. 재미있는 영화가 많았는데. 너무 늦었다. 무엇인가 배울 수도 있었을 텐데. 아무것도 배우지 못했을 거야. 배울 게 뭐 있어? 추억, 추억이여, 넌 내게 뭘 원하는 거냐? 도시의 밤에는 특히 빛이 있었다. 무엇보다도 회색 하늘, 회색 집, 회색 인간이 있었다. 또한 순백색의 길이 한 번 있었다. 날씨가 아주 청명한 날이었다. 그건 도시가 아니었지. 그래, 나도 뤼시엔과 함께 자동차로 여행한 적이 있었어. 그게 뤼시엔이었던가? 시골의 색깔, 밀밭의 붉은 양귀비에 깜짝 놀랐었지. 우리는 차에서 내려 외딴 길을 함께 수백 미터 걸었고, 그 끝에는 초록색 나뭇잎 사이로 햇살이 비쳤다. 우리는 그 밀밭까지 갔었다. 남들이 이야기해준 추억도 있다. 가만있자, 그 친구 이름이 뭐였더라. 사무실 동료인 그는 버스를 타고 벨기에로 긴 여행을 했었다. 오래 전 그가 젊었던 시절에 말이다. 아주 즐거웠다. 버스에서 사람들은 웃고 떠들며 가방에서 술을 꺼내 마셨다. 그들은 국경을 통과했다. 세관원인지 경찰인지가 버스에 올라와 여권 제시를 요구했다. 그리고 다시 여행을 계속했다. 빨간 벽돌집이 있는 작은 마을의 호수들. 브뤼셀에 도착했다. 역 근처에 도착하자 소나기가 쏟아졌는데 엄청난 물벼락이었다! 버스에서 내려 뛰어서 길을 건너 도색한 목재 탁자가 있는 좁고 기다란 선술집으로 피했다. 여러분도 잘 알고 있을 벨기에 특산 맥주인 '귀외즈'를 많이 마셨는데, 모두 기분이 좋았다. 아주 재미 있었다. 그리고 앙베르로 갔다. 항구에는 우리나라와 전혀 다르게 집들이 뾰족했다. 여자들이 진열장에 전시되어 있었다. 그 동네는 위험했다. 자주 싸움이 벌어졌다. 그들이 관광할 때는 싸움이 한 건도 벌어지지 않았다. 그들은 은근히 싸움을 바랐다. 그들은 수가 많아 위험하지 않았다. 길목마다 순찰하는 경관이 있었다. 벨기에 경관 말이다.

열아홉 살에 죽은 여자도 생각났다. 수많은 꽃, 화환이 관을 에워쌌다. 온갖 빛깔의 꽃이었다. 나는 향기를 맡고 싶었지. 그때부터 후각이 둔해져버렸다. 시체의 꽃향기를 맡으면 그런 일이 일어나나보다. 나는 오랫동안 악취만 느낄 따름이었다. 그후 부분적으로나마 후각이 되살아났다. 어렸을 때에는 코가 예민했다. 눈을 가린 채 옷 냄새로 친구들을 구분했다. 그 후각은 영원히 완전하게 회복되지 않았다.

그것은 사실이 아니다. 모든 것이 회색만은 아니었다. 그러나 밝은 추억은 한두 개로 훌쩍 줄어들고, 나머지는 더럽고 축축한 길, 어둠뿐이다. 어머니의 모습도 머릿속에서 떠나지 않았다. 호리호리한 체격에 회색 머리, 회색 옷, 회색 얼굴, 그리고 내가 '도달'하길 바라는 그녀의 야심. 인간이 어디에 도달하긴 하는 걸까? 그리고 사무실, 출근부, 동료와의 정치토론, 언쟁, 그리고 술 마시러 가는 회색 시간인 퇴근 시간에 사무실 출구에서 서로 화해한다. 많은 추억의 줄거리가 희미하고 캄캄하다. 추억의 영상을 지워버리는 술을 너무 마셨기 때문이다. 어둠의 장막 속에 여기저기 흩어진, 밝지도 어둡지도 않은 어슴푸레한 빛, 혁명, 내란. 그리고 한 대 얻어맞은 적도 있었다. 나만 빼놓고 주변에서 사건도 많았다. 하여튼 나도 관심은 있었다. 시체도 있었다. 분노에 찬 인간들의 혁명 대열도 있었다. 인간성이 완전히 변한 동네 이웃들에게 둘러싸여 보도 위에 쓰러져 있던 젊은이의 시체. 너무도 마르고 허약했던 은퇴한 노인들. 그들이 존재했던가? 전혀 없었던 것 같다. 흰 콧수염이 난 작달막한 노인. 턱수염도 있었던가? 염소수염이었던가? 아니면 콧수염만 있었던가? 노인들, 다리를 절던 백러시아인이 있던 이 평화로운 거리는 혁명 전에는 상쾌했었다. 나는 이곳을 그리 좋아한 편은 아니었다. 주위의 집들을 한 바퀴 둘러보았다. 큰길과 공장의 벽돌이 있었지만 우리 길은 뭔가 달랐다. 이 길을 좀더 자주 오래 산책하고 이용했어야 했는데. 친구들이나 사무실의 동료들도 보러 갔어야 했다. 가보려고 마음은 먹었다. 그렇다, 모두 사라졌다. 모두 다. 마치 끓어오르는 듯 폐부에서 치미는 이 회한, 이 아쉬움이 이상하기도 하다. 나는 많은 것을 목격했다. 총기, 치켜든 주먹, 기원하는 손, 각종 인사말. 감동적이었다. 아파트에서 보낸 내 삶은 그리 다채롭지 못했다. 아주 권태로웠다. 그녀가 떠난 것은 현명한 짓이었다. 이본인지 마리인지 내가 직접 그녀의 가방을 길가까지 들어다 운전사를 도와 트렁크에 실어주었다. 똑똑히 기억난다. 내 기억력이 그리 나쁘진 않군. 또 뭐가 있었더라? 무슨 일이 있었지? 학교 선생이 있다. 머리는 희끗희끗하고 콧수염이 까만 교장이었지. 그는 내게 "난 내 힘으로 일어섰네. 자수성가했단 말이야"라고 했다. 그러곤 책상 뒤에 앉아 "자네는 어떤 분야에서도 성공하지 못할 거야, 이 친구야. 이 말을 기억해두게. 나로 말할 것 같으면, 앞으로 이 자리에 머무르지 않을 거야. 그렇지만 자네는 어떤 분야에서도 성공하지 못할 거야"라고 했다. 그건 사실이다. 그는 나를 손가락질하며 어머니 눈에 그

득한 눈물도 아랑곳하지 않고 "저 아이는 성공 못 합니다, 부인"이라고, 어머니에게 한 치의 환상도 남기지 않고 가차 없이 말했다.

내게는 유독 결락의 느낌이 있었다. 따지고 보면 그것이 좋을 수도 있었을 텐데. 그렇다, 매 순간 그것을 채울 수만 있다면 말이다. 나는 생명의 물줄기가 새어나가도록 내버려두었다. 어쨌거나 그것은 동이 나게 마련이지만. 그러나 내게 남은 추억은 마치 추억의 액자 속에 들어간 그림처럼 되어버렸다. 수많은 망각으로 조금 흐려지고 칙칙해진 그림. 망각, 그것은 이미지를 가리는 흑점과 같다. 항상 그러한 결락의 느낌이 있었다. 항상 내게 무엇인가 결핍되어 있었고, 따라서 오로지 결핍만이 남아 있다는 느낌. 내게 무엇이 부족했던가? 나는 모든 것을 알고 싶었다. 그것이 내게 부족했던 것이다. 알지 못했다는 점. 모든 것을 알지 못했다는 바로 그 점. 나는 무지했지만 나의 무지함을 모를 만큼 무지하지는 않았다. 학자들은 무엇인가를 알고 있을까? 그들에겐 그것으로 충분할까? 그 밖에 무엇이 있을까? 아마도 나무는 더 많은 것을 알고 있겠지. 동물도 많은 것을 알고 있다. 그러나 우리는 알 수 없다는 것을 감지했기 때문에 나는 아무런 노력도 하지 않았다. 그 점이 애통하기 짝이 없다. 아마도 모든 것을 알 수 있는 날이 오겠지. 남들도 모든 것을 알 수 있게 될 거야. 항상 나를 짓누르는 이 피로. 그것은 무력감에서 오는 피로였다. 그렇다, 수십억, 수천억의 인간이 있었다. 수십억의 살아 있는 사람이 있었고, 저마다 보편적 고뇌를 갖고 있었다. 각자 홀로 불가지(不可知)의 짐에 짓눌리며 살아야 하는 양, 저마다 아틀라스처럼 세계의 모든 짐을 들쳐메고 살았다. 가장 위대한 학자도 나만큼이나 무지하고 그것을 의식하고 있었

다고 생각하면 그런 생각이 내게 위로가 될까? 그러나 그게 맞는 생
각일까?

어느 날, 새들이 지저귀는 소리에 잠이 깼다. 창문을 열었더니 온통
하얗게 꽃이 만발한 나무 한 그루가 창문 높이까지 솟아 있었고, 어느
가지에는 손을 뻗으면 닿을 수 있었다. 파란색과 초록색의 새들이 날
아갔다가는 그 이름 모를 나무 위로 되돌아왔다. 사실 나는 도시 사람
인 터라 자연을 모른다. 안마당의 쓰레기 더미가 잔디로 변했고, 거기
에서 나무가 자라난 것이다. 나무 둥치는 매끈하고, 꼭대기에 뭉쳐 있
는 가지와 꽃들이 내가 사는 층 높이에서 활짝 벌어져 있었다. 손이
닿는 가지에서 순백의 꽃 세 송이를 꺾었다. 나는 "어서 좀 와봐요, 이
것 좀 봐요" 하고 소리쳤다. 그러나 메아리만 답할 따름이었다. 수위
아가씨가 문을 살짝 두드렸다. 문을 열었다. 나는 그녀가 훌쩍 늙어버
렸다는 사실을 깨달았다. 내가 말했다. "안마당의 나무가 얼마나 아름
다워요! 하룻밤 사이에 저렇게 자랐네. 내 말을 못 믿겠으면 와서 봐
요! 새소리가 들려요?"
"아무것도 들리지 않아요."
그녀는 마지못해 창 쪽으로 갔다.
"나무가 없잖아요. 도대체 무슨 이야기예요?"
창밖을 내다보니 과연 나무가 없었다.

"하지만 가지에서 꺾은 꽃이 저기 있는데! 저기 보이죠! 식탁 위에 놓아두었어요."

그녀는 꽃을 살펴보았다. "정말 꽃이네. 이런 꽃은 한 번도 본 적이 없어요. 어디서 났어요?" "나무에서요, 내가 말한 그 나무에서요!" 그녀는 다시 꽃 세 송이를 들여다보았다. 그녀는 물컵에 꽃을 꽂고 말없이 어깨를 으쓱하곤 가버렸다.

나는 실망했다. 도대체 그 나무가 어디로 가버렸단 말인가? 조금 전까지도 이 세 송이의 꽃이 증명하듯 거기에 있었는데. 나는 꽃들을 만지며 향기를 맡았다. 수위 아가씨도 꽃을 보았다. 나는 놀랐지만 한편 안심했다. 다시 창으로 갔다. 나를 둘러싼 벽과 지붕에 떨림, 찬란한 빛 속에서 빛나는 진동 같은 것이 있었다. 벽과 지붕이 산산이 무너지는 것 같았고, 윤곽이 희미해졌다. 그것들이 두께를 잃고 극도로 약해지는 것 같았다. 이제는 점점 투명해지는 커튼에, 어렴풋한 빛에, 점차 소멸해가는 그림자에 지나지 않았다. 나는 그것들이 흐르는 물 속의 그림자들처럼 가볍게 좌우로 떨리며 흔들리는 것을 보았고, 접혀서 천천히 멀어져가는 것을 보았다. 그것들은 빛나는 먼 곳, 투명한 연기 속으로 사라졌다. 내 눈앞에 광활한 사막이 작열하는 태양 아래에서 지평선까지 펼쳐졌다. 빛 속에는 반짝이는 모래만 존재할 뿐이었다. 내 방은 정지되고 조용한, 무한한 공간 속의 한 점 같았다.

그리고 오랫동안 적막한 정적이 흘렀다. 나는 침대에 누워 안벽에 있는, 두 개의 여닫이문이 달린 옷장을 바라보았다. 여닫이문이 열렸다. 그것은 마치 커다란 두 개의 대문 같았다. 더이상 옷이나 침대보들도 보이지 않았다. 오로지 빈 벽만 보였으나 그것마저 사라져버렸다. 활짝 열렸던 옷장 문이 매우 높은 박공을 지탱하는 두 개의 금빛 기둥으로 변했다. 벽 자리에는 풍경이 천천히 펼쳐지고 있었다. 아주 밝아졌다. 꽃과 잎이 무성한 나무가 한 그루 나타났다. 그리고 또다른 나무 한 그루가, 여러 그루가 나타났다. 넓은 길도 나타났는데, 그 길 끝에는 햇빛보다 강한 빛이 있었다. 빛이 다가와 모든 것을 뒤덮었다. 이것이 어떻게 내 침실 안에 있을까? 내 방보다 훨씬 컸다. 바람결을 느끼지 못했지만 하얗고 파란 꽃들과 나뭇가지들이 떨리고 있었다. 아니, 아주 가벼운 미풍 같은 것이 느껴졌다. 초원이었다. 풀들은 얼마나 아름다운지! 이 초원, 이 정원, 이 빛은 누구를 위한 것일까? 곧게 줄지어 서 있는 나무들은 아주 멀리까지 펼쳐져 있었다. 가운데에서 나무 한 그루가 솟아났다. 나무일까, 아니면 큰 덤불일까? 그 오른쪽이자 내 왼쪽에 은사다리가 땅에서 1미터쯤 떨어져 공중에 매달려 있었는데, 그 끝이 푸른 하늘 속으로 자취를 감췄다. 나는 오래도록 바라보았다. 그것이 사라질까 두려워 감히 일어나지도, 접근하지도 못했다. 이 덤불을 만질 수도, 사다리를 만질 수도 있었을 텐데. 빛은 무척 밝았으나 눈이 아프지는 않았다. 사다리가 빛났다. 정원이 내게 가까이 다가와 나를 둘러쌌고, 나는 그 일부가 되어 그 한복판에 있었다. 여러 해가 지났다. 아니면 몇 초가 흘렀다. 사다리가 내게 다가왔다. 거의 내 머리 바로 위에 있었다. 여러 해가, 아니면 몇 초가 흘렀다.

그것이 멀어져 녹듯이 사라졌다. 사다리가 사라지고 나서는 덤불이, 나무들이 사라졌다. 그리고 개선문과 함께 기둥들이 사라졌다. 나에게 깊이 스며들었던 그 빛의 무엇인가는 남았다.

나는 그것을 계시로 받아들였다.

삶과 죽음. 외로운 남자

외젠 이오네스코의 삶과 죽음

루마니아에서 태어나 프랑스에서 죽은 이오네스코는 『대머리 여가수』 『의자』 『코뿔소』 등으로 베케트, 아다모프, 주네와 더불어 부조리극의 대표 작가로 꼽힌다. 유럽의 변방에서 태어나 양차대전과 이데올로기의 대립으로 점철된 격랑의 세기를 온몸으로 겪을 수밖에 없었다면 굳이 세계적 작가가 아닌 필부의 삶일지라도 쉽게 요약되지 않을 것이다. 모든 현상을 둘로 잘라서 가늠하는 양도논법의 위험을 무릅쓴다면 그의 삶은 두 개의 가치관이 거칠게 대립하고 타협한 것이라 할 수 있다. 우선 루마니아와 프랑스, 루마니아어와 프랑스어로 갈라진 삶은 다시 소통과 소외, 억압과 자유, 관습과 전위, 전쟁과 평화, 굴종과 반항, 현실과 초월, 그리고 에로스와 타나토스로 대립하고, 게다가 그 모든 것이 아버지의 법과 어머니의 법의 대립과 절묘하게 일치한다면 지나치게 안이한 설명이 될 것이다. 문자 그대로 파란만장했던 삶의 세결, 역설과 파격으로 교직된 작품 세계를 여기에서 꼼꼼히 살피는 것이 어려울 바에는, 겉으로 드러난 객관적 사실을 정리한 연보와 작가 스스로 자신의 삶을 회고하며 내세운 핵심적 사건 몇 가지를 짚어내는 것으로 그칠 수밖에 없다. 책가방에 담요를 구겨 넣는 가출소년의 심정으로 그의 삶을 요약하면 이렇다.

이오네스코는 1909년 루마니아인 아버지와 프랑스인 어머니 사이에서 태어났다. 스물아홉 살에 첫아들을 맞은 아버지는 법대를 졸업하고 경찰청에서 일하고 있었다. 이오네스코가 태어난 지 2년 후 아버지는 공부를 계속하기 위해 가족을 데리고 파리로 간다. 아버지는 공부를 핑계로 가족을 멀리했고 어린 이오네스코는 부모의 불화, 특히 아버지의 폭력적 태도를 자주 목격한다. 권위적이고 바람기 많던 아버지는 일차대전의 발발로 징집되어 루마니아로 돌아간 후 소식을 끊는다. 어머니와 동생과 파리에 남은 작가는 궁핍에서 헤어날 길 없는 어린 시절을 보낸다. 여기저기 쌓아놓은 가구와 집기가 언제라도 무너질 듯한 협소한 공간에서 보냈던 시절은 훗날 그의 무대 공간에서 악몽처럼 재현된다. 무한 증식되는 사물에 압도되는 공포에 시달렸던 어린 시절이었지만, 1917년에서 1919년까지 파리를 떠나 머물렀던 시골 샤펠 앙트네즈는 평생 그에게 낙원으로 기억된다. 특히 전원에서 겪은 찬란한 빛의 체험은 거의 종교적 열락에 가까운 것이었다. 이 체험은 여러 차례 변주되어 회상되었다.

열일곱 혹은 열여덟 살 때였다. 나는 시골의 어떤 마을에 있었다. 6월의 어느 정오, 적막한 이 마을의 한 길을 산책하고 있었다. 나는 갑자기 세상이 저절로 멀어졌다가 다시 다가오는 것을 느꼈다. 그것은 차라리 세상이 나로부터 멀어지는 것이었고, 내가 다른 세상에 있었으며, 한없이 빛나는 과거보다 더욱 나의 것에 가까운 세상이었다. 개들은 뜰에서 담 근처를 지나는 나를 보고 짖었는데, 그 개 짖는 소리는 불현듯 포근하게 약해져서 멜로디처럼 변했다. 하늘은 극도로 빽빽해 보였고, 빛은 거의 촉지할 수 있을 것 같았으며, 집은 결코 본 적 없는 광채, 익숙지 않은 광채, 정말 습관에서 해방된 광채를 띠고 있었다. 그것은 무엇이라 정의할 수 없는 것이다. 가장 쉬이 말할 수 있는 것, 그것은 아마도 내가 엄청난 기쁨을 느꼈으며, 무엇인가 본질적인 것을 이해했다는 것이다. (『삶과 꿈 사이에서』)

이오네스코는 이 체험을 자아와 세계가 하나 되는 종교적 법열일 뿐만 아니라 인간 조건에서 벗어나는 간접 죽음의 체험으로 해석하기도 한다. 대학 시절에 만나 파리 망명객 생활을 공유하며 그에게 평생 큰 영향을 주었던 미르체아 엘리아데와 에밀 시오랑의 사유가 덧칠된 것이다. 루마니아 동방정교에 바탕을 둔 신비주의, 유대교, 그리고 엘리아데와 시오랑을 통해 불교를 접한 작가는 열반의 경지를 빛의 체험, 하늘로 이어지는 은빛 사다리나 나무와 같은 상징으로 표현한다.

비록 궁핍과 소외를 겪었지만 프랑스에서 보낸 유년 시절은 문학의 소명에 일찌감치 눈을 뜬 시절이기도 했다. 플로베르의 『단순한 마음』을 읽으며 "문학은 말해진 내용 속에 있는 것이 아니라, 말하는 방식 혹은 오늘날에도 여전히 정의할 수 없는 채로 남아 있는 어떤 특질 속에 있음"을 깨닫고 "문학은 더이상 사건이 아니다. 나는 더이상 잘 못 쓰인 탐정소설을 읽을 수 없다"고 고백한다. 충만한 빛에서 느끼는 해방감과 행복의 체험, 그리고 문학적 소명 의식이 깨어나기 이전에 그가 겪은 주목할 만한 사건은 필경 죽음의 발견일 것이다.

네 살 무렵 나는 죽음을 알게 되었다. 나는 절망하여 큰 소리로 울었다. 그 이후 언젠가 어머니를 잃게 된다는 것, 그 누구도 죽음을 피해갈 수 없다는 것을 알고 두려워했다. 나는 사라질 수밖에 없는 어머니의 존재에 다가가기 위해 어머니에게 몸을 바짝 붙였다. 나는 어머니에게 매달렸다. 시간의 흐름 속에서 어머니를 *끄*집어내기라도 하듯 잡아당겼다. 그러고 나니 어머니의 슬픔이 보였고, 불행한 소녀와 같은 어머니의 얼굴, 어머니의 흐느낌, 어머니의 고독을 알게 되었다. 아버지의 폭력이 있었다. 전쟁이 있었다. (『발견』)

이 죽음의 발견은 다른 글에서도 비슷한 표현으로 반복되는 것으로 미루어보아 어지간히 집요하고 결정적 체험이었으리라 추정된다.

어린 시절을 프랑스에서 보내고 열네 살에 루마니아로 돌아와 아버지의 언어를 익히는 과정은 혹독했다. 다시 프랑스로 돌아와 프랑스어로 글쓰기를 시작했을 때도 마찬가지였다. 루마니아어로 문필 생활을 시작하였으나 프랑스어로 극작품을 쓴 이오네스코가 소통의 문제, 언어와 그 언어가 지칭하는 세상과의 불일치를 중심 주제로 다룬 것은 우연이 아닐 것이다. 속마음을 표현하는 데 언어는 도무지 적합한 수단이 되지 못할뿐더러, 그 언어를 이용한 소통은 오해와 불신을 낳기 십상임을 그는 일찌감치 깨달았다. 인간이 처한 비극의 근원을 언어에서 찾은 것이다. 게다가 그는 허황된 언어로 채색한 이데올로기가 인간을 불행으로 몰아넣는다는 사실을 체험했다. 파시즘의 열풍에 휩싸였다가 공산주의로 급변했던 루마니아, 파시즘 치하에서 공산주의자를 박해하더니 금세 열렬한 공산주의자로 변신하며 혼란스러운 시절에도 승승장구했던 아버지에게 환멸을 느낀 그는 맹목적 이념, 전체주의가 자행한 폭력과 위선을 누구보다도 뼈저리게 느꼈다. 그런 그에게 온갖 형태의 전체주의는 비판과 조롱의 대상이 아닐 수 없다.

나는 싸우지 않는다. 나치즘을 위해서 죽는 것은 정신 나간 짓이다. 스탈린을 위해 싸우고, 러시아 제국주의를 위해 싸운다고? 이것 역시 어처구니없는 일이다. 80만 명의 루마니아 군인들이 러시아와의 전투에서 사망했고, 50만 명의 또다른 루마니아 군인들이 독일과의 전투에서 사망했다. 소련에 맞서 싸웠을 때, 그들은 프러시아 왕과 점령군을 위해 싸운 것이고, 독일을 배반했을 때 그들은 소련인들을 위해 싸운 것이다. 그런데 전쟁이 끝난 후 소련인들은 루마니아의 두 지방을 점령하고는 좌파건 우파건 가리지 않고 지식인 엘리트를 숙청했다. (⋯) 혁명? 스탈린이 러시아로 망명한 독일 공산주의자들을 히틀러에게 넘겨준 이래로 나는 혁명을 믿지 않는다. (⋯) 우파는 그리 호감이 가지 않는다. 하지만 좌파가 위험스럽고 더 잔인한 어떤 정신 상태를, 늘 압제의 필요 — 성난 프티 부르주아지들의 욕구이자, 역사와 함께 나아가는 모든 우파와 모든 좌파 기회주의자들의 욕구 — 를 요구하는 그런 정신 상태를 구현하고 있음은 분명하다. (『과거의 현재, 현재의 과거』)

젊은 시절 극단적 민족주의에 입각한 파시즘에 동조하고 히틀러를 찬양했던 엘리아데와 시오랑과는 달리 이오네스코는 이데올로기의 허구와 그에서 비롯되는 맹목적 폭력을 금세 꿰뚫어 보았다.

권위주의에 대한 반발은 특히 창작에서도 발휘되어 이오네스코의 작품은 기존 연극 관행에 거스르는 반(反)연극이란 호칭을 얻게 된다. 어느 분야에서건 간에 권위와 관습, 나아가 이에 근거한 독단과 폭력을 거부하는 반순응주의는 그의 삶과 예술을 이해하는 열쇠이다. 대화를 토대로 진행되는 연극에서 언어의 무용성과 소통 불가능을 고발하는 그의 태도는 첫 작품 『대머리 여가수』를 비롯하여 모든 작품에서 공히 드러난다. 현실과 괴리된 언어를 그 자체의 논리만으로 따지거나, 그 언어로 쌓아올린 지식 체계와 이념을 신봉하는 인물들은 그의 극에서 조롱거리로 전락한다. 또한 관례적 인사치레나 자기현시를 위해 알맹이 없는 언어만을 되풀이하는 부르주아의 세계도 비판의 대상이다. 관습과 제도로 굳어진 예술에 대한 저항과 조롱으로 그의 연극은 반연극, 부조리극, 조롱극이라는 명칭이 붙게 된 것이다. 저항과 조롱, 그것은 단순히 책상물림의 추론에서 나온 것이 아니라, 유럽의 변방에서 태어나 20세기의 이념과 사상이 출동하는 소용돌이의 중심에서 살았던 그가 역사에서 얻은 생생한 교훈이었다. 그리하여 이오네스코는 지금까지도 세계 곳곳에서 공연되는 작품을 남긴 보편적 작가로 우뚝 설 수 있었다.

『외로운 남자』

1973년 발표된 『외로운 남자』는 이오네스코의 유일한 소설이다. 1950년 『대머리 여가수』로 시작하여 1966년까지 발표된 25편의 희곡 작품으로 원숙기에 이르고, 1970년 아카데미 프랑세즈의 회원으로 선출되며 명성을 얻은 이오네스코는 『노트와 반노트』 『과거의 현재, 현재의 과거』 『발견』과 같은 산문집을 통해 과거를 되돌아보고 현재를 통찰하는 일련의 자전적 작품을 내놓는다. 『외로운 남자』는 곧바로 『난장판!』이라는 희곡으로 각색되어 공연되었다. 이오네스코에 따르면 이 소설은 『진흙』 『난장판!』과 더불어 자전적 3부작을 이룬다. 필자는 이 작품에서 사르트르의 로캉탱, 카뮈의 뫼르소, 카프카 소설의 인물들, 그리고 자전적 소설인 만큼 이오네스코 자신의 모습을 읽었다. 이오네스코도 역사라는 대의명분에 참여한 이후의 사르트르는 부정했지만 『구토』의 영향을 받았음을 부인하지 않았다. 혹자는 세상을 등진 '외로운 남자'는 루마니아에 널리 알려진 이반 곤차로프의 『오블로모프』의 영향을 받았다고 단언하기도 한다. 또한 극소와 극대, 그 무한대 앞에서 현기증을 느끼는 대목은 여지없이 파스칼의 『팡세』를 떠올리게 한다. 물론 그의 이전 작품에서 줄곧 다뤄진 소통의 어려움, 이데올로기의 폭력성, 인간이 해결할 수 없는 존재 조건인 고독과 죽음 같은 일련의 주제들이 이 작품에서도 천착되었다.

소설은 이름이 밝혀지지 않은 일인칭 화자의 눈에 비치고 귀에 들리는 현실을 묘사하고 해석하는 것과 더불어 화자의 내면 심리를 그리는 것으로 일관한다. 반면 연극 〈난장판!〉에서 주인공은 무성영화의 버스터 키튼처럼 거의 아무 말도 하지 않는다. 주변 인물들의 장황한 대사와 부산한 움직임에 반비례하여 주인공의 침묵이 부각되고 그 고독과 소외가 관객에게 효과적으로 전달되는 것이다. 소설은 서른다섯 살의 주인공이 뜻밖의 유산을 받는 것으로 시작된다. 유산 덕분에 일상의 속박에서 벗어나 관찰자의 입장에 선 주인공은 자신과 주변, 나아가 인간이 처한 근원적 존재 조건을 둘러볼 여유를 갖는다. 연극은 열다섯 개의 장면으로 구분된 반면, 소설은 약간의 여유를 둔 행간을 제외하곤 별도의 구분 없이 이어진다. 여기서는 편의상 내용을 잘라서 설명하기로 한다.

우선 사장을 비롯한 직장 동료, 직장의 옛 애인들과 헤어지는 부분이 도입부에 해당된다. 그리고 누추한 호텔에서 벗어나 아파트를 얻고 주변 동네를 익히고 단골 식당을 찾는 것으로 일단 새로운 삶의 조건이 형성된다. 잠깐 현실적 문제를 고민하던 주인공은 금세 더 근원적이며 형이상학적인 문제에 봉착한다. 예컨대 인간을 포함한 이 우주는 어디에서 와서 어디로 가는지, 그 이유와 방식에 대해 질문하게 된다. 그리고 이러한 근원적 질문에 대한 답을 미뤄둔 채 일상에 매몰된 삶이 사상누각 같다는 생각에 이른다. 게다가 문득 자신도 필히 죽을 수밖에 없다는 명백한 사실을 떠올리고 공포에 사로잡히기도 한다. 근원적 질문 앞에서 무력한 인간 이성의 한계를 깨닫는 주인공은 결국 풀 수 없는 문제에 대해서는 생각하지 않는 것이 낫다는 결론을 내린다. 권태와 불안은 사유에서 비롯되므로 생각을 끊자고 결심하는 것이다. 그럼에도 불구하고 그는 여전히 이 형이상학적 고민에서 벗어나지 못한다. 더구나 홀로 살게 되었으면서도 여전히 아파트 수위

164

의 시선을 의식하지 않을 수 없기 때문에 진정으로 홀로되는 것도 사실상 불가능했다.

그다음은 전화를 설치하여 외부와 접촉을 시도하며 해답을 얻고자 하는 단계이다. 철학과 학생과의 전화 통화에서도 시원한 답을 찾지 못한 주인공은 오히려 신경쇠약이나 우울증 환자 정도로 취급되고 만다. 그는 결국 가급적 생각을 끊고 세상을 바라보기만 함으로써 일종의 도취, 평안을 찾고자 한다. 자신의 무지와 이성의 한계를 근거로 해답 찾기를 포기하리라 다짐하는 것이다. 수면, 혹은 그가 입에 달고 사는 술은 생각을 멈추게 하는 훌륭한 길이 된다. 비슷한 실존적 고민에 직면했던 다른 소설의 주인공들, 예컨대『구토』의 로캉탱과 '외로운 남자'는 이 지점에서 크게 갈라진다. 로캉탱은 논리적 사유를 밀고 나가 그 사유의 과정을 기록, 정리하고 어떤 발견을 바탕으로 자신의 생각을 체계화하려는 의지를 버리지 않았다. 반면 '외로운 남자'는 끊임없이 떠오르는 생각에 시달리지만 누차 생각의 무용성을 강변한다. 어차피 생각을 통해 존재의 감옥을 돌파한들 우리를 기다리고 있는 것은 또다른 큰 감옥에 불과하다는 것이 그의 결론이다.

전화선을 통해 외부 세계와 대화를 시도했던 데서 한 걸음 나아간 단계가 자기에게 친절과 배려를 베풀었던 식당 여종업원과의 동거이다. 그러나 여자는 "우리는 세상을 보는 방식이 같지 않다"는 핑계를 대며 주인공 곁을 금세 떠난다. 땅이 꺼지는 절망감에 이어 순간이 영원으로 녹아들며 "존재하는 것과 있는 것이 하나로 동화되는(ce qui existe s'identifie avec ce qui est)" 느낌에 빠진다. 실존주의가 애써 구별했던 두 개의 동사인 '존재하다(exister)'와 '있다(être)'가 하나가 되는 상태, 사르트르의 용어를 빌리면 대자와 즉자가 구분되지 않는 혼돈, 혹은 거대한 조화와 대면하게 된 것이다. 전화선, 동거를 통해 바깥으로 나갔던 주인공에게 이번에는 바깥에서 집단의 물결이 밀려든다. 화자의 의지로 안에서 바깥으로 향했던 흐름이 이번에는 바깥에서 안으로 스며들기 시작한 셈인데, 그것은 한 개인의 희망과 결기로는 어쩔 수 없는 전염병 같은 것이었다. 그는 이 단계를 거치면서 마침내 아파트에 바리케이드를 쳐서 외부 세계와 단절한다. 그는 거리 쪽으로 난 창문을 매트리스와 베개로 틀어막고, 마당 쪽으로 난 남향 창밖의 하늘을 보는 것으로 소일한다. 이오네스코는 마리클로드 위베르와의 대담에서 이렇게 말한 바 있다. "실제로 나는 우리에게서 멀리 떨어져 있는 것, 질서 혹은 무질서한 것, 부조리한 것을 믿어야 하는 건지 어떨지 모르겠다. 이 세상이 나를 놀라게 하고 고통을 준다. 나는 세상을 알 수 없다. 사실, 그것은 거대한 상자처럼 보인다. 우리가 이해할 수 없는 상자. 상자 속의 상자." 일종의 자발적 유폐 의지를 지닌 '외로운 남자'라는 인물은 이오네스코의 이러한 세계 인식을 반영한다.

주인공이 외부 세계를 차단하고 아파트에서 홀로 사는 마지막 대목에서 주목할 점은 시간의 흐름이다. 소설은 짧은 시간 동안 벌어진 사건을 길게 이야기할 수도 있고, 그 역의 방식을 취할 수도 있다. 단절의 시간이 어느 정도 흘렀는지 짐작할 수 없지만, 아파트 수위가 바뀌고 그 딸이 수위가 될 정도로 시간이 흘렀음에도 소설에서는 별다른 사건이 일어나지 않는다. 주인공의 심리적 시간이 물리적 시간과 무관하게 정지된 것이다. 연극에서는 무대 위를 분주히 드나드는 수위 여자의 분장이나 행동의 변화로 가속화된 시간을 나타냈지만, 소설에서는 "시간이 흘렀다. 몇 달이 흘렀다. 어쩌면 몇 년일지도"라는 몇 글자로 요약될 뿐이다. 그 죽은 시간은 기다림의 시간이다. 주인공은 그저 기다릴 뿐이다. 자신도 무엇인지 모를 대상을 기다리던 주인공은 하늘이 열리고 빛이 나타나는 것을 목격한다. 이오네스코 작품에 자주 등장하는, 하늘로 이어지는 나무, 환한 빛, 은빛 사다리, 상승의 이미지이다. 주인공이 그것을 일종의 계시(혹은 신호)로 받아들이며 소설은 마무리된다. 한 개인의 성찰이나 집단의 혁명으로 변화시킬 수 없는 존재의 굴레에서 해방되는 상승 운동, 혹은 한 뼘의 어두운 구석도 남기지 않고 온 세상을 찬란하게 밝히는 빛의 상징적 의미가 무엇인지 확정할 필요는 없을 것이다. 생각에서 비롯되는 번뇌를 끊고 적멸에 이른 상태, 혹은 그저 단순히 죽음이라 할 수도 있다. 이오네스코가 『단편 일기』에서 말했다시피 "우리 마음속의 모든 존재는 그 자체의 내부에 죽음에의 본능을, 휴식에의 갈망을, (…) 니르바나의 본능"을 가지고 있기 때문이리라.

『외로운 남자』는 홀로 있고자 해도 도무지 홀로 있지 못해 조금 발버둥치다가 망연자실했을 무렵 외로울 가능성을 얼핏 보았던 데쯤에서 멈춘 남자의 이야기가 될 것이다. 그는 삶의 비의(悲意)를 깨달은 현자도 아니고 열반에 도달한 선승도 아니다. 그것은 이오네스코도 마찬가지여서 1987년에 존재에 대한 질문을 받은 이오네스코는 "나는 지혜를 갖지 못했다. 앙드레 지드가 말했듯 나는 절망에 빠져 죽을 것이다"라고 대답했다. 여기에서 지혜는 종교적 맥락에서 뜻하는 깨달음, 해탈의 경지까지 포함될 것이다. 그는 힌두교, 불교, 샤머니즘

등에 깊이 심취했지만 그 자신이 어떤 경지에 이르거나 절대적 해방을 얻으리라는 기대는 품지 않았던 것 같다. 네 살 때부터 따라다녔던 죽음을 살아서 벗어나는 것이 무망하다는 것쯤은 진작부터 알고 있었을 것이다.

이재룡

1909년	11월 26일 루마니아의 슬라티나에서 태어났다. 아버지 외젠 N. 이오네스코는 법학을 전공하고 경찰청에서 일했다. 어머니 테레즈 입카르는 루마니아로 이주한 유대계 프랑스인이다.
1911년	2월 11일 여동생 마릴리나가 태어남. 아버지의 법학 박사 학위 취득을 위해 가족이 파리로 이주.
1912년	남동생 미르체아가 태어났으나 생후 18개월 만에 사망.
1914년	파리에서 인형극에 매료됨.
1916년	루마니아가 일차대전에 참여함에 따라 아버지는 루마니아로 귀국. 이후 연락이 두절되어 가족은 아버지가 전사한 것으로 추정. 아버지는 어머니가 가정생활을 등한시했다는 위조 이혼 서류를 만들고 재혼함.
1917년	실제 참전하지 않았던 아버지는 경찰에 투신하여 고위직에 오르고, 서류를 위조하여 아이들의 양육권을 얻음. 이오네스코는 작은 도시 샤펠 앙트네즈에서 1919년까지 거주. 여기에서의 전원생활은 그의 영혼에 깊은 흔적을 남긴다.
1920년	아버지가 변호사가 됨. 정권이 바뀌어도 출세가도를 달리는 아버지는 이오네스코의 작품에서 비정하고 권위적인 인물로 묘사된다.
1922년	어머니와 루마니아로 귀국. 그리스정교회 소속의 고등학교에 다니며 프랑스어를 버리고 루마니아어를 익힌다.
1928년	고등학교 졸업.
1929년	부쿠레슈티 대학 프랑스문학과 입학. 미르체아 엘리아데,

에밀 시오랑과 교제 시작. 미학 교수와 심각한 갈등을 빚으며 반항적이지만 독창적 의견을 가진 학생으로 소문난다. 당시 큰 영향력을 행사하던 일간지 〈질서〉 편집장의 딸 로디카 부릴레아누와 사귐.

1930년   잡지 『사실』에 처음으로 글을 기고.

1931년   루마니아어 시집 『미미한 존재들을 위한 비가*Elegii pentru fiinte mici*』 발표. 세스토프한테 영향을 받으며 그리스정교의 신비주의에 눈을 뜨는 한편, 쇼펜하우어를 읽고 감명을 받는다.

1934년   프랑스어 고등교사 자격시험 통과. 루마니아어 평론집 『거부*Nu*』 출간. 훗날 이오네스코 문학의 특징이 될 유머와 역설, 장난기와 독설이 뒤섞인 문체를 구사하며 당시 젊은 세대의 선두 주자였던 엘리아데를 신랄하게 공격한다.

1936년   로디카 부릴레아누와 결혼.

1938년   '보들레르 이후 프랑스 시에 나타난 원죄와 죽음'이라는 주제로 박사 논문을 쓰기 위해 프랑스로 감.

1939년   파리에서 잡지 『루마니아의 삶』에 장 콕도, 에마뉘엘 무니에, 장 지로두 등 프랑스 작가에 대한 평론 기고.

1940년   프랑스가 독일에 패하자 루마니아로 귀국.

1944년   첫딸 마리 프랑스가 태어남.

1945년   파리로 돌아와 행정 출판사에 취직, 1955년까지 일함. 아버지가 루마니아 공산당을 공개적으로 지지함.

1948년   루마니아에서 아버지 사망. 『대머리 여가수*La Cantatrice Chauve*』 초고 완성. '교수 없이 배우는 영어'라는 제목으로 루마니아어로 번역.

1950년   파리 녹탕빌 극장에서 〈대머리 여가수〉가 초연됨. 관객은 많지 않았지만 호평을 받음. 프랑스 국적을 얻음. 『수업*La*

Leçon』『자크 혹은 복종Jacques ou la Soumission』 발표.

1951년 포슈 극장에서 〈수업〉 초연. 『의자Les Chaise』『스승Le Maître』
『미래는 달걀 속에 있다L'avenir est dans les œufs』 등 발표.

1952년 랑크리 극장에서 〈의자〉 초연. 『의무의 희생자Victimes du
devoir』를 집필함. 위세트 극장에서 〈대머리 여가수〉〈수업〉
이 공연됨.

1953년 라텡가 극장에서 〈의무의 희생자〉 초연. 『아메데, 혹은 그것
을 어떻게 제거할까Amédée ou Comment s'en débarrasser』
집필.

1954년 첫 단편 『깃발Oriflamme』 발표. 바빌론 극장에서 〈아메데,
혹은 그것을 어떻게 제거할까〉 초연. 하이델베르크 여행.
『그림La Tableau』 집필.

1955년 위세트 극장에서 〈자크 혹은 복종〉〈그림〉 초연. 『알마의
즉흥곡L'Impromptu de l'Alma』 집필. 핀란드에서 〈새로운
하숙인Le Nouveau Locataire〉 초연. 런던 여행.

1956년 마드리드 여행.

1957년 〈대머리 여가수〉〈수업〉이 재공연되며 큰 성공을 거둠. 현재
대본이 유실된 〈윈저의 여공작을 위한 즉흥곡L'Impromptu
pour la duchesse de Winsor〉 초연. 대학 극장에서 〈미래는
달걀 속에 있다〉 초연. 런던에서 『보증 없는 살인자Tueur
sans gages』 집필.

1958년 『코뿔소Rhinocéros』 집필.

1959년 레카미에 극장에서 〈보증 없는 살인자〉 초연. 독일에서 〈코
뿔소〉 초연.

1960년 프랑스에서 〈코뿔소〉 초연. 런던에서 오선 웰스 연출, 로렌
스 올리비에 주연의 〈코뿔소〉가 공연됨. 이오네스코가 각
본을 쓴 무용 〈걷기 연습〉이 파리 현대 발레단에 의해 공연

됨. 브라질, 뉴욕 여행.

1961년　〈의자〉〈자크 혹은 복종〉이 샹젤리제 스튜디오에서 재공연됨.『분노*La Colère*』집필. 헬싱키 여행.

1962년　『대령의 사진*La Photo du Colonel*』출간. 알리앙스 프랑세즈 극장에서 〈왕은 죽어가다*Le Roi se meurt*〉 초연.『노트와 반노트*Notes et contre-notes*』출간.

1963년　독일에서 〈공중 보행자*Le Piéton de l'air*〉 초연.

1964년　『갈증과 허기*La Soif et la Faim*』『결함*La Lacune*』집필.

1966년　뒤셀도르프에서 〈갈증과 허기〉 초연.

1967년　『단편 일기*Journal en miettes*』출간. 멕시코, 스위스, 이스라엘, 미국 여행.

1968년　『과거의 현재, 현재의 과거*Présent passé, Passé présent*』출간.

1969년　스위스에서 『발견*Découvertes*』출간. 〈갈증과 허기〉 참관을 위해 미국 여행. 연극 국가 대상을 받음.

1970년　아카데미 프랑세즈 회원으로 선출됨.

1972년　라 리브 고슈 극장에서 〈맥베트*Macbett*〉 초연.

1973년　예루살렘상을 받음.『외로운 남자*Le Solitaire*』출간. 현대 극장에서 〈난장판!*Ce formidable bordel!*〉 초연.

1975년　텔아비브 대학에서 명예 박사학위를 받음. 〈가방을 든 남자*L'Homme aux Valises*〉 초연.

1976년　막스 라인하르트 메달을 받음. 일본, 홍콩, 태국 여행.

1977년　『해독제*Antidotes*』출간.

1978년　로스앤젤레스 여행.

1979년　『문제의 남자*Un Homme en Question*』출간. 방문 교수 자격으로 미국 체류.

1980년　뉴욕 구겐하임 극장에서 〈죽은 사람들에게로의 여행*Voyage chez les Morts*〉 초연. 멕시코 여행.

1982년	루마니아어로 썼던 『위골리아드 *Hugoliade*』가 프랑스어로 출간됨.
1984년	당뇨병으로 이틀간 혼수상태에 빠짐. 독일, 이탈리아, 미국 여행.
1985년	시카고에서 솔 벨로, 엘리아데가 참석한 가운데 T. S. 엘리 엇상을 받음. 인권 운동에 적극적으로 참여하기 위해 베른 에 감.
1988년	아내와 딸에게 헌정한 일기이자 자서전 『간헐적 추구 *La Quête intermittente*』 출간.
1989년	루마니아의 정치 체제를 공개적으로 비판하는 성명서를 발 표함.
1994년	3월 28일 파리 자택에서 사망.

문학동네 세계문학전집 발간에 부쳐

　세계문학은 국민문학 혹은 지역문학을 떠나 존재하는 문학이 아니지만 그것들의 총합도 아니다. 세계문학이라는 용어에는 그 나름의 언어와 전통을 갖고 있는 국민문학이나 지역문학의 존재를 인정하면서 그것을 넘어서는 문학의 보편적 질서에 대한 관념이 새겨져 있다. 그 용어를 처음 고안한 19세기 유럽인들은 유럽문학을 중심으로 그 질서를 구축했지만 풍부한 국민문학의 전통을 가지고 있는 현대의 문학 강국들은 나름의 방식으로 세계문학을 이해하면서 정전(正典)의 목록을 작성하고 또 수정한다.

　한국에서도 세계문학 관념은 우리 사회와 문화의 변화 속에서 거듭 수정돼왔다. 어느 시기에는 제국 일본의 교양주의를 반영한 세계문학 관념이, 어느 시기에는 제3세계 민족주의에 동조한 세계문학 관념이 출현했고, 그러한 관념을 실천한 전집물이 출판됐다. 21세기 한국에 새로운 세계문학전집이 필요하다는 것은 명백하다. 우리의 지성과 감성의 기준에 부합하는 세계문학을 다시 구상할 때가 되었다.

　문학동네 세계문학전집은 범세계적으로 통용되는 고전에 대한 상식을 존중하면서도 지난 반세기 동안 해외 주요 언어권에서 창작과 연구의 진전에 따라 일어난 정전의 변동을 고려하여 편성되었다. 그래서 불멸의 명작은 물론 동시대 세계의 중요한 정치·문화적 실천에 영감을 준 새로운 작품들을 두루 포함시켰다.

　창립 이후 지금까지 한국문학 및 번역문학 출판에서 가장 전문적이고 생산적인 그룹을 대표해온 문학동네가 그간 축적한 문학 출판 경험을 바탕으로 새로운 세계문학전집을 펴낸다. 인류가 무지와 몽매의 어둠 속을 방황하면서도 끝내 길을 잃지 않은 것은 세계문학사의 하늘에 떠 있는 빛나는 별들이 길잡이가 되어주었기 때문이다. 우리가 자부심과 사명감 속에서 그리게 될 이 새로운 별자리가 독자들의 관심과 애정에 힘입어 우리 모두의 뿌듯한 자산이 되기를 소망한다.

문학동네 세계문학전집 편집위원
민은경, 박유하, 변현태, 송병선, 이재룡, 홍길표, 남진우, 황종연

세계문학전집 047
외로운 남자

1판 1쇄 2010년 8월 23일
1판 5쇄 2023년 5월 30일

지은이 외젠 이오네스코 ┃ 옮긴이 이재룡

책임편집 고우리 ┃ 편집 최정수 ┃ 독자모니터 양은희
디자인 랄랄라디자인 한충현 김민하 최미영 ┃ 저작권 박지영 형소진 최은진 오서영
마케팅 정민호 김도윤 한민아 이민경 안남영 김수현 왕지경 황승현 김혜원 김하연
브랜딩 함유지 함근아 박민재 김희숙 고보미 정승민 배진성
제작 강신은 김동욱 임현식 ┃ 제작처 영신사

펴낸곳 (주)문학동네 ┃ 펴낸이 김소영
출판등록 1993년 10월 22일 제2003-000045호
주소 10881 경기도 파주시 회동길 210
전자우편 editor@munhak.com ┃ 대표전화 031)955-8888 ┃ 팩스 031)955-8855
문의전화 031)955-1927(마케팅), 031)955-1916(편집)
문학동네카페 http://cafe.naver.com/mhdn
인스타그램 @munhakdongne ┃ 트위터 @munhakdongne
북클럽문학동네 http://bookclubmunhak.com

ISBN 978-89-546-1187-9 04860
     978-89-546-0901-2 (세트)

www.munhak.com

● 문학동네 세계문학전집은 계속 출간됩니다